馔
工厂

我的幸福生活

黄燎原

著

中国友谊出版公司

图书在版编目（CIP）数据

我的幸福生活 / 黄燎原著. -- 北京：中国友谊出版公司，2020.12
 ISBN 978-7-5057-5023-4

Ⅰ．①我… Ⅱ．①黄… Ⅲ．①回忆录－中国－当代 Ⅳ．①I25

中国版本图书馆CIP数据核字(2020)第216559号

书名	我的幸福生活
作者	黄燎原
出版	中国友谊出版公司
发行	中国友谊出版公司
经销	新华书店
印刷	唐山富达印务有限公司
规格	880×1230毫米　32开
	8印张　134千字
版次	2020年12月第1版
印次	2020年12月第1次印刷
书号	ISBN 978-7-5057-5023-4
定价	39.80元
地址	北京市朝阳区西坝河南里17号楼
邮编	100028
电话	(010) 64678009

版权所有，翻版必究
如发现印装质量问题，可联系调换
电话 (010) 59799930-601

目 录
CONTENTS

老屋和乌鸦的故事　　　　　　/001

零五和山　　　　　　　　　　/032

田雷和陈红的故事　　　　　　/043

葡萄狗子班柯帽子卖书的下午　/053

班柯和小晖的故事　　　　　　/063

老屋的小说　　　　　　　　　/079

朋友的一封信　　　　　　　　/101

群的雨季　　　　　　　　　　/108

葡萄和他过去的情人　　　　　/120

方华的一天　　　　　　　　　/127

N 肖像　　　　　　　　　　　/131

班柯的作文　　　　　　　　　/149

老屋和魏红的故事　　　　　　/162

葡萄和猩猩的故事　　　　　　/193

老屋和冼蕾的故事　　　　　　/211

帽子结婚了　　　　　　　　　/221

烂生活前传　　　　　　　　　/239

老屋和乌鸦的故事

老屋想把屋子收拾得干净些。

把桌上的书堆放整齐,把窗台上的酒瓶拿去卖了,把地上的废纸扫到门外。

但是太阳落了,窗帘上的灯光耀人眼目。

七点钟乌鸦来,惯常她会带一瓶通化葡萄酒和两包红梅烟。

乌鸦来了。

"今天屋里怎么这么冷?"她一边脱大衣一边跺脚。

"外边儿冷,屋里的火也灭了。"

乌鸦没有去生火,只是把吃的喝的和抽的摆了一桌,摆在那张已掉了四颗螺丝钉的红色圆桌上。

桌子已经不太看得出是红色的,桌面脏兮兮,其实也不是脏,

只是很旧的样子。

"你妈来信了?说什么时候回来?"她嘴里叼着香肠,又去开酒瓶,轻松娴熟的样子,像儿童给她的玩具娃娃洗澡,还带点儿教训的味道。

"明年。说是要等到春暖花开,回北京吃沙子。"

"你妈挺逗的。"

"我妈挺好的。"

"从你这儿我看不出来。"

乌鸦一向信口开河没边儿没沿儿,老屋习惯了。

乌鸦很独立,不知道她忙什么,老屋不叫她,她不会来。即使老屋叫她,她也不一定来,但他们在心里是彼此喜欢的。喜欢这事儿和爱一样,不用说,也说不清楚,反正就是那么一股劲儿。他们认识快五年了,但是关系却像服装店里的一件套衫和另一件套衫,说没关系吧,有点儿,说有关系吧,好像又关系不大。老屋也忙,也不知道忙什么,他也很少会叫乌鸦来,但他们彼此熟悉,熟悉得像一个人的手和脚。其实他们也经常在一起,不过不像那些热恋中的人每天打照面儿罢了。

那年冬天,和今天一样,外面下大雪,他们被困在老屋的房子里动弹不得。雪非常大,是那种非常大非常大的雪,他们非常饿,但没有吃的,只好煮粉丝,煮的时候老屋睡着了,乌鸦被一本流行小说吸引,锅漏了,粉丝成了铁丝,还差点把房

子烧了。老屋打了乌鸦,一顿暴打。后来很久乌鸦没有再来,再来的时候,乌鸦抽上了烟。

乌鸦是在陈红家认识老屋的。

老屋穿很旧的工作服,衣领肮脏。别人都跳舞聊天儿,只有他坐在角落,喝酒抽烟。

老屋矮小,身体扁平,头发乱七八糟长长短短,眼睛里浑浑沌沌流放着疯疯癫癫的光芒。总之,形象复杂、猥琐。

乌鸦吃了两颗很咸的话梅后,就想认识老屋了。

"我也不想跳舞,咱们聊会儿天儿吧。"乌鸦望着老屋。

老屋望着乌鸦,然后拿掉她手里的杯子,把她推到屋子当中,说:"我想跳舞,不想聊天儿。"

乌鸦的舞跳得很好,因为跳舞老屋迷上了她,而其实老屋不喜欢跳舞。

老屋使劲儿搂着乌鸦,脚下踩云,嘴里不停说一些不三不四的话。

"人家说乌鸦丑,你不丑。"

"乌鸦嗓子好,吵得人难受。"

"乌鸦都黑,但不知它们的牙白不白,或者有没有牙。"

"乌鸦是一种愚蠢的鸟,总是自己找上门来。"

"乌鸦一顿喝几两酒?"

"乌鸦怕脏吗?"

"乌鸦的脚掌厚不厚?"

"乌鸦脸皮厚吗?"

"乌鸦有神经吗?"

乌鸦和老屋认识后不久,就随他进了一次山。

"这是一座大山。"

乌鸦坐在地上系那双淡粉色的三十六码旅游鞋。

老屋光着脚,用手指抠脚丫儿泥。

"怎么出山啊?"

"乌鸦能飞出去吧。"

老屋从上衣兜儿里,掏出一团揉皱的黄纸,点上最后一支红梅烟。

"咱们住哪儿?"

"不知道,随便找个地儿一猫儿就天亮了。"

"那你骗我说有地儿住。"

"这儿这么大的地儿,住哪儿不行啊。"

"放你的狗屁。"乌鸦跳起来,打掉老屋嘴里的烟屁股。

老屋捡起烟,又放进嘴里。

乌鸦不再闹,退到一棵小树下歇着。

老屋闭上眼睛,他感到这山有些干燥。

其实乌鸦很信任老屋,刚才老屋那张比口香糖还香的嘴令

她万分惊讶,让他们活蹭了一路车。

"还有水吗?"

"小小半壶吧。"

老屋挠挠头皮,他估计二十里内不会找到水。

乌鸦在看自己的手,看得很认真,像在学文件。

"走吧,要不天黑也碰不到人家儿了。"

老屋背起空降包,把黑草帽扣在头上。

这山空空的,没水也没有梯田,树都是些一米多高的小杂种。

"妈的,"老屋骂,"半只鸟儿都没的飞。"

乌鸦跟在他身后,已经十分疲惫。

"这是座什么山?"

"可能是土山,看山坡上的浮土像。"

太阳在两分钟里就没有了,山谷黑下来,山变得幽幽的。

"老屋,要下雨了。"乌鸦望着满天的云。

"不会吧,山里的天儿很难说。"

雨还是下了,急而且快,太阳再出来。

乌鸦瞪着老屋,浑身湿透。

"这雨本来不该下的,"老屋狡辩,"也许是欢迎你吧,这山里第一次有鸟儿飞了。"

乌鸦的脸轻轻地红了。

乌鸦的小黄褂儿很快干了,她黑黑的皮肤发出细腻均匀的

光泽。

黄衣服，粉鞋，您说有多难看吧。

其实不难看，看你怎么看。

老屋赤裸着。

"还得走多久？"

"直到有人家儿。"

乌鸦的小胸脯不安地翘着。

老屋第一次见到乌鸦时就喜欢她了，这还不仅仅因为她舞跳得好，更重要的是她身上散发出来的那种德行，暗合了老屋的趣味。

"你叫乌鸦，为什么？"

"因为我长得黑而且难看。"

乌鸦漂亮，除了耳背的一块月光白，别的地方的确很黑，黑得健康诱人。

"你呢，为什么他们叫你老屋？"

"也许因为我长得老，又不爱出屋吧。"

"听说你是画家？"

"听他们扯，学校里比我画得好的人比沙子还多。我这水平也就出个板报之类还行，我还不爱干。"老屋咧着嘴笑。

乌鸦撇撇嘴，看着墙上的罗塞蒂和梵高。

"你的屋子像猪圈。"

"咱把它变成鸟巢吧。"

乌鸦踢掉鞋子,胖胖的小脚上了老屋的单人床。

"这是谁呀?"乌鸦指着一张女孩儿照片问。

"我妹妹,她死了。"

"怎么回事儿?"

"我忘了。喂,我说丫头,你怎么二话不说就上床啊!"

"你这破屋除了床上哪儿还能待呀?!"

老屋笑了,去厨房临时洗了两个杯子:"喝什么?"

"啤酒。"

乌鸦接过啤酒瓶,牙一咬开了盖儿。

老屋用拇指和食指之间的肉蹼轻轻一捋,瓶盖儿掉地上了。

"男人是不是总要表现得比女人强才舒服?"乌鸦满脸不以为然,口气好似看破红尘。

"我确实比你强点儿,否则我会让你滚蛋。"

乌鸦把啤酒倒在老屋头上。

"你有女朋友吗?"

"没有。"

"我是说曾经有过吗?"

"没有。"

"为什么?"

"女人都嫌我脏。"

"我不信。"

"我也不信。"

乌鸦的脸被啤酒变得非常生动。

"这山风化得厉害,土特松,我先上去,然后用绳子拉你。"

老屋戴上翻毛儿手套,屁股一撅已蹿上去三四米。沙土大面积塌方,老屋抓树根,树根被拔起来,抓石头,石头被翻出来,还迷了眼,脏了嘴唇。老屋凭一股冲劲儿冲了上去。

"把绳子拴腰上,手抓紧,脚别用力蹬,我使劲儿。"

乌鸦上来了,但一只"帕西诺"被沙土埋在半山腰。

老屋捡了鞋上来,脸都灰了。

"废物,"他嘟囔着。

乌鸦把剩下的水一饮而尽。

"怎么办?"

"忍着吧,我比你渴,看样子十里八里见不着水。"

"什么地儿才有?"

"也许十八盘的盘底有吧。这地儿旱,地下水位低,没水压,水上不来。"

"十八盘是什么?"

"是一种地形。"

"盘里有什么?"

"猪肉大葱。"

进山时,老屋问过农民,农民说这山就叫"大山"。

大山是一座白山,没有什么想象余地。

老屋想起雾灵山,那是一座蓝山。

"这山有多高?"

"海拔一千多米吧。"

"有那么高?"乌鸦仰望且环视。

"差不多。这山相对高度小,所以不觉得。"

"你为什么那么喜欢山?"

"因为山改变不了我。"

大山依旧绵延,看不到出路。

"咱们这是往哪个方向走?"

"往北吧。"

"我觉得是往东。"

"不会,往东就永远出不去了。"

"就是往东,不信你看看罗盘。"

"罗盘失灵了,一会儿看太阳吧。"

"为什么失灵。"

"因为山里有铁矿。"

"你怎么知道。"

"我看见裸矿了。"

"什么叫裸矿?"

"比如你没穿衣服,人家一眼就知道你是女的。"

"又放狗屁了。"

老屋从空降包里摸出两支烟,递给乌鸦一支。

他喜欢看女人抽烟。乌鸦不抽烟。

"前面山套子里有炊烟了。"老屋说。

乌鸦一泄气,一屁股坐在一棵矮小的灌木下:"我不行了,你背我走吧。"

"快点儿起来,兴许人家还不收留咱呢。"

乌鸦浑身一颤站起来,旋即又跌坐回去:"不管怎么说,我是真没劲儿走了。"

"那我走了。"老屋颠起步子。

"你敢!"乌鸦抓起军用水壶奋力向老屋砸去。

老屋倒下了,热气腾腾的鲜血从头顶冒涌出来。

好在没有水了。

乌鸦大叫着扑过去,把老屋抱在怀里。

"你丫不是挺有劲儿的吗?"老屋稍缓过来面色如纸地说。

乌鸦泪流满面。

她点燃一支烟送进老屋嘴里。

老屋吸着烟:"饭盒里有白药和纱布。你去撒泡尿在毛巾里,

给我敷在额上降降温。"

都这时候了老屋还装孙子呢。

乌鸦居然真的照着做了,但由于缺水和过度疲劳,她感到尿道酸疼,竟一滴也尿不出来。

老屋觉得恶心,头颅沉重,但他还是站起来:"没事儿了,走吧,否则可能真要露宿了。"

乌鸦不说话,跟着。

山又阴暗了许多,再没有太阳。

老屋觉得腿很难过,头依旧晕晕的,走起路来像踩高跷,深一脚,浅一脚,身子向前跌,背上的空降包像一座大山。

一户人家儿。

"我们是城里的学生,进山玩儿,迷路了,您能不能留我们住一宿。有堵墙能挡风就行,我们付房钱。"老屋头扎绷带,挂着树杈儿,很惨的样子。

他们住进了一间不大的土坯房,墙上贴着陈旧的年画,年年有余一类。

"散步去美术馆。"

"乘凉到音乐厅。"

"不懂美术。"

"不听音乐。"

"冬天戴草帽。"

"夏天穿皮袄。"

"在最热的风里睡觉。"

"在最凉的水里洗澡。"

"乌鸦。"

"老屋。"

"放她的狗屁。"

"住你的猪窝。"

"老屋,你怎么把吉他卖了?"

"也不会玩儿,看着扎眼。"

"真笨,学呀。"

"我笨,学不会。"

"那让我学呀。"

"女人学吉他不好,手指会变形。"

"那有什么呀?"

"我听说你唱歌儿不错,唱歌儿多好啊,不用跟乐器较劲。"

"你不懂。"

"你唱一个给我听听。"

"鸭子听雷。"

"有时候鸭子也能听懂雷。"

"真的?"

"真的，你不信我脱裤子给你看，一共缝了四针，都快把屁眼儿缝上了。"

"缝上多好，憋死你。"

"我整个人都是缝起来的，你今儿还雪上加霜，还挺美。"

"流点血是好事儿，起码比流汗流鼻涕好看，而且悲壮。"

"快睡吧，不跟你贫了，明儿得早起。"

"再聊会儿。"

"明儿吧，要不明儿你准起不来。"

老屋用手打死一只像蛐蛐的翘尾巴毒蚊子，然后吹了蜡烛。

乌鸦梦见老屋的伤口长出肉芽儿，然后破伤风，死了。

老屋没有梦。

"乌鸦，快起来，咱们该走了。"

"几点了？"

"四点。"

"才四点，你急什么？"

"趁他们还没醒，省点儿房租。"

"至于嘛，我付钱，再睡会儿。"

"快起。"老屋掀了乌鸦的被子。

早晨的山，更加空空的，风声像钟。

老屋信了。

乌鸦想起两句唐诗。

"风声像钟,"老屋说,"风声真的像钟。"

"像狗打呼噜,真的像狗打呼噜。"

西面的山壁上方亮起来,山上的草也像傍晚时的山似的幽幽的了。

东方红。

东方白。

"快出山了。"

"山外面是什么?"

"平原,或者还是山。"

老屋耸耸肩,让背上的大包稍稍扶正一些。

"山好吗?"

"清清淡淡的。"

"还来吗?"

"不知道。"

他们都听见水声了。

乌鸦光着脚,站在水里。

老屋拾起片落叶,撕碎,捻成一支烟。老屋点上烟后开始生火,炉子很快着了,屋里暖和起来。

乌鸦脱了毛衣,剩下的圆领娃娃衫,毛茸茸的,使她像雏鸭。

"你当然知道雏鸭什么样儿,挺可爱的。"

乌鸦不理会老屋,坐床上看书去了。

老屋开始认真地吃罐头。

"唱个歌儿吧。"老屋说。

乌鸦抬起头说:"好吧。"

她唱了一支苏联歌,老屋觉得好听,里面有风有雪挺冻人的。

"这歌讲的是,"乌鸦说,"一个夏天,姑娘在泉边,爱上了她的男人。"

(乌鸦)

看得出来,老屋在努力摆脱他的朋友们。他爱他们,但是他现在想过另一种生活了。

我喜欢他的那些朋友,也因为他想摆脱他们而更喜欢他。

其实我知道他摆脱不了他的朋友们,因为他不是发自内心想要这么做。

他不让我爱他,我就不爱,但我们在一起,很欢乐。

有一次,我问他,他说:"那还用说?"

"讲个故事吧,屋子暖和了。"乌鸦说。

老屋就给她讲晴的故事。

晴那年很小,十六岁,在南方潮湿的春夜,怀了孩子。她怕极了,三个月去打掉。有点儿晚,疼极了,她不认命,和那

个男的分开了。他们一年中还有两个日子会在一起,一个是她打胎的日子,他们当是那孩子的忌日;一个是他们用公式推算出的孩子的生日,他们年年给他过。她还说,如果再怀上,无论跟谁,都生下来。

乌鸦把烟头拧在床头的木梁上,目光在天花板上钻洞。

忍不住,她问:"晴是谁?"

老屋叹一口气:"一个可能再见都难,但永远也不会忘记的朋友。"

(老屋)

零五来后,乌鸦走了,我把我的大衣给她披上,说我会再给她打电话。

很快地我和零五喝干了剩下的酒,于是我们浪诗,聂鲁达的《马楚·比楚》。

马楚·比楚是一座高山。

零五走了。

明天星期天,不上学,可以睡懒觉,所以今天的夜晚特别好。

我把诗集、歌谱和打字纸扔了一地,然后去找葡萄。

(乌鸦)

我再回来时,屋里已经只剩下纸张和装订好的纸张了。

我有些扫兴，我早猜到零五今天待不长。

我知道老屋一定是去葡萄那儿了，下大雪，他只去那儿。

我不去找他，没有意义，我就一页一页一本一本地收拾那些纸张和书，码放整齐，然后睡觉。

我没想到半夜他就回来了，他本该天亮才回来。

我更没想到他回来时非常高兴，还把我从床上拖起来抱了很久。

然后他坐到桌前看什么或写什么去了，还用报纸罩住灯。

明天星期天。

没想到星期天一大早就有人敲门，是个圆脸女孩儿，冻得不轻。她是葡萄的女朋友，说老屋昨天走后葡萄就病了，很重。老屋和她走了，一天没回来。

（老屋）

我对上大学不感兴趣，倒不是因为萨特说"大学生对大学只有一件事情可以做，那就是砸烂大学"，而是因为大学里开的课实在没什么能引起我兴趣。英语系这帮人，老师不太会说中文，学生都像外国鸡，每天除了叽哩呱啦就是吱噜哗嚓，像进了水族馆或者鸟市儿。我不爱跟他们磨牙，我还是说我的中国话，中国话多好听，也好懂。我烦透了这帮人，当然，我想他们也一定像我烦他们一样烦透了我。考试对我来说不仅是一个困难，

而且是一场灾难，一下要吃掉那么多单词，无情且无味，还有那么多句型、词组、从句什么的，一个独立主格结构，我学了三年也没弄明白，更甭提前置词了。

精读老头儿又叫我翻译课文儿了，probe 是什么意思？

我心里担心葡萄，他身子太弱，轻薄得像一张马粪纸。

其实我也不是很喜欢葡萄，他总是夸大其词爱表现自己，惹得周围一帮傻女孩儿疯了似的崇拜他。

不过他从不穿西装令我心悦，西装那玩意儿硬邦邦没人味儿，使人像僵尸。

学校里那些整天纠缠在一起的情侣也让人受不了，瓜瓜葛葛没完没了，到水房打水那么会儿工夫也还咬着不放。

（乌鸦）

那天老屋打电话给我时，我正在打毛衣。

我打毛衣不是为了穿，是享受穿针引线的快感。

我答应去他那儿，带酒和红梅烟。

我上课上腻了，在家泡了一星期，巴不得找个地儿打发无聊。

我现在读的书很无聊，耗散结构，普利高津，也不知道都是什么和什么哪儿跟哪儿，有什么意思有什么用呀？

宿舍是我的监狱和地狱。

星期一《走向深渊》，星期二《夜茫茫》，星期三《十字街头》，

星期四《归心似箭》,星期五《冲破黎明前的黑暗》,一直等到星期六《虎口脱险》《胜利大逃亡》,才能做星期天《快乐的单身汉》。

我上面的上海人,对面的广东人和东北人,都让我恶心。她们一堂课不落,天天晚自习,床头堆满三毛、琼瑶和各种美学书,热衷健美,也不知都是吃什么长大的。

我倒是挺羡慕隔壁宿舍的林霞,老跟当工人的男朋友玩到深夜才回来,翻墙时磕掉一颗大门牙,换了个比真的还好看的假牙。

(老屋)

星期六晚上。

零五走后,我去找葡萄。

葡萄睡了,我没想到。

葡萄床上还有个圆脸女孩儿,她给我开的门。

葡萄说精神不好,连外面下雪都不知道。

我抽了支烟就走了。

葡萄熟的时候,一定很甜。

那女孩儿很甜,但不像葡萄喜欢的那种。

回到家,乌鸦躺在床上,这是意料中的事儿。我抱她起来,抱了很久。

我喜欢乌鸦,但我们之间一直没那事儿。

她身上的香味儿和被子的暖气儿让我兴奋,我不能不写点儿什么,关于幸福。

我坐着,写童年的事儿,写我和我爸的生活。

那时家里穷,我爸属于牛鬼蛇神不知哪一类,工资只发一半儿,又和我妈分居两地,钱显得很紧张。我爱吃水果儿,我爸每个礼拜都要挤出点儿钱,给我买一个梨。我要我爸也吃,可他每次都只在我吃完后,啃一啃剩下的梨核儿。我慢慢长大,我留下的梨核儿也越来越大,最后变成我们共享一个梨。

(乌鸦)

有时候同学问我有没有男朋友,有时候我说有,有时候也说没有。

我喜欢的男孩儿不只老屋一个,老屋又算得上是我什么人呢?

有时候我挺可怜自己,就想马上退学成个家。

可我毕竟好像还是老屋的女朋友,起码在有些人眼里,起码在形式上,说不是也还是。我不能找到更好的人替代他,他好像也不想找别的女孩儿,我们就这么不冷不热地在一起,等风来吹散,等别人插足,等我们终于宣布要结婚的那一天。

(老屋)

认识乌鸦前我认识了晴,晴是乌鸦第一次来我家问起的,那个照片上的女孩儿。

晴是个好女孩儿,但我不爱她。

后来她走了,去了南方。

有时候我会想她,无论如何,她也算是我的一个朋友。

乌鸦在屋子暖和以后先吃起来,吃完歪在床上抽烟。

老屋喜欢看乌鸦抽烟,他说女人抽烟有股劲儿难得,舒服。

男人抽烟经常是为了无聊的交往,是一种工具,乌鸦觉得自己抽烟,是为了让某种漂浮的东西沉下来,而且那种东西果然沉下来,沉在那么平静那么深远的心湖上,甚至很多东西不再被忆起。

那年夏天,乌鸦、老屋和葡萄去海边玩儿,在沙滩上,葡萄说:"在这儿抽烟感觉特别好,你面向大海脚掌柔软,烟吐出去长成云。"

后来乌鸦抽烟,觉得多了些诗意。

(老屋)

我有时候真不知道自己想干什么又能干什么,在模糊的意识里,仿佛觉得有个理想,有个目标,有个可以攀爬的东西。

我不总做噩梦,也不过多要求什么,只想生活好一些,更好一些。我写作和田雷不同,我不想靠它吃饭,也不想因它扬名立万,我是自娱自乐,因为我喜欢过这种时常写字的生活,画画也是,有时我发现自己还关注社会和人类的命运。也许我们这代人,多少都有点儿同情心和正义感。我喜欢成熟的女人,能独当一面的女人,既会编故事哄孩子又能自我料理的女人。我觉得乌鸦挺适合我,但我们还没有找到一个充分的理由结合。人有时很愚昧,而且明知愚昧也毫无办法,机会就是这样一次次被放走的。

星期一下午。

宿舍里的人都在睡觉,只有那个因为在课堂上放了个响屁,被同学们指称"听口音不像本地人"的"外省人"对镜打扮,老屋在看书。

"外省人"是典型金玉其外败絮其中的家伙,他的钱都用来买时髦衣服,一天中的两餐,吃同样的馒头咸菜稀粥。

阳光在玻璃上打滚儿,窗外的枯树排成兵阵。

"老屋,我和小娜出去了,今晚不回来,替我买两个馒头一碗粥,我明天早上吃。"

老屋点点头,把一支过滤嘴香烟的海绵屁股撕掉,然后倒着塞进嘴里(这是当年的一种酷)。

冬天没有风的下午，也没有有趣的男人，宿舍里高低起伏的鼾声，惹得老屋头皮发麻。

他大声地"哎哟"一声。

宿舍的人都被惊醒，睡眼惺忪且迷茫。

"没什么，我的钢笔水儿用完了。"

老屋甩门走了，留下一屋子叫骂声。

苏芮的歌儿好听，有清淡的草香。

乌鸦在洗内衣，每当这时候她都嫌自己懒，内衣穿一星期才换，多了很多不该有的味儿。

蚰蚰趴在桌上，写她那永远写不完的情书。

昨天她告诉乌鸦，她换男朋友了。半年四个。

无论如何，情书时代很美。

我不在乎，她说，只要有钱，咱们这年龄就得享受，得像个真正的大家闺秀。

她还说，趁年轻可以多犯错误，这就是年轻的资本。（这话人人都会说，人人都会说的也可以是真理）

以上句子，代代相传。

"你可以每天亭亭玉立站在大街上，有从出租车上下来的就扑上去呀！"乌鸦说。（那个时代坐出租车，是显贵的象征）

"那不行，咱还得找能对上眼儿的。"（爱情不朽）

还是纯真年代。

山口百惠的照片几乎成了每个女孩儿床头的装饰画，只有乌鸦的墙上端端正正挂着周恩来总理像。

还是那个星期六晚上，老屋写完他的童年，拿出《博尔赫斯短篇小说集》，看《交叉小径的花园》。

越看越担心，他盼望诺贝尔奖早些光顾这个老头儿。

他觉得博尔赫斯挺行的，不给他奖，不应该。

他担心的是，老头儿可能快不行了。

他有些困，走到床前。

乌鸦睡得很香。

他从墙角抽出几张纸铺在地上，从柜子里拿出一条没缝的被子，用身体卷成一个筒。

梦里，他去了西北。

（老屋）

电视没有什么好节目，我只看《祖国各地》，然后背包去一个地方。当学生比较惨，没钱又想去最多的地方，去干吗，说不清楚，反正不是纯粹看风景。火车上裹着雨衣睡在车厢过道或人们的脚缝儿里，进饭馆儿买俩馒头，等着吃人家剩的菜，还自我安慰是别人请客我来晚了，住八毛钱一夜的通铺，有时还和牲口一起过夜，机关算尽想着怎么逃票逃宿蹭顺风车或帮

人打零工。但我还是愿意出门，大一些的世界在外面晾着，晒太阳。

（老屋）

在图书馆泡了一下午，那个穿蓝制服的管理员老头儿盯了我一下午。

我当然没什么，我让他不自在了。

我在读冯梦龙的《情天宝鉴》，我有种把里面的故事重写一遍的欲望。

后来注意力分散了，我被邻座一个女孩儿的美丽惊傻了，她简直是"第八奇迹"。

她在看一本音乐方面的书，我猜她不是我们学校的。

老头儿在看我，难道"第八奇迹"是他女儿？

一个马脸女生走到我后面，让抽雪茄烟的小个子男生把烟灭了，说图书馆不让抽烟，何况她有心脏病，闻见烟味儿就喘不过气来。

老屋挟着《情天宝鉴》回到宿舍，屋里空无一人。

他拉开"外省人"的抽屉找饭票，被里面的半个馒头熏得差点儿背过气去。

老屋嘴里骂着，拿起饭盒去买饭。

人很多,队伍雄壮。

老屋想找个熟人,真找着了,是那个每天早晨围着操场跑步的胖女孩儿。

早上跑步的都是胖女孩儿,而且怎么跑也不见瘦,这让老屋想起学校里还有一拨长相极差的女孩儿,每天练女子防身术。

白菜,两毛,吃完就拉,立竿见影。

在厕所,老屋大声骂着没人冲水,那干巴巴的粪便肯定是个瘦崽子拉的,也许就是304的"可爱"。

拉完屎,老屋也不冲,留给下一个去联想。

素质真差。

(乌鸦)

我和陈红看展览,紫竹院,广告牌上写:

畸形动物展览

真活动物=随到随看

两头怪牛

三脚鸡=四翅鹅

五腿怪猪

锦花蟒=娃娃鱼

五爪金龙

寿星龟＝鹰嘴蛇尾龟

波罗龟＝豹鱼＝金龟

全天开放＝票价：1角5分

　　看完难受，这和歧视残疾人有什么区别？拿人家生理缺陷开玩笑，我不觉得有什么幽默，不习惯。

　　我问葡萄，他说你吃鸡吃鸭吃鱼吃肉时觉得自己残忍吗？

　　我答不上，心里觉得不是一回事儿。

　　我问老屋，老屋说人家这是保护珍稀品种。

　　男人都不是东西。

　　上口语课老屋觉得还行。

　　老师是南方小伙子，有幽默感，不拘礼法。冬天把学生轰到操场上，冻得男生想刨地，女生想上树。老屋干脆不听不讲，绕着篮球架涮脚丫子。

　　老师穿得单薄，禁冻，他不停地说，嘴里冒热气，像有几吨馒头正在开锅。

　　他说："大家放松，放松口语才能说好。"

　　他允许学生抽烟喝水吃早点，时不常还讲笑话儿。

　　"你们知道动词love的将来时是什么吗？"

　　也不等别人反应，他接着说："是marry。"

老屋灭了烟,开始翻腾。

他感到褥子疙疙瘩瘩,翻身能碾死一群跳蚤。

他只得闭上眼睛,把皮肉交给已经不太干净的被子。

没过多久,老屋被一种声音搅得不安。

他点亮打火机,看到"外省人"那双特大号拖鞋中的一只在蠕动,艰难的蠕动,而它的推动者竟是一只硕大的耗子,耗子精。

那是真正的蠕动。

山摇晃起来,山周围的雾变得越来越少。

老屋在泥泞的小道上爬行,面无表情。

他只想爬上去,只想能回家再见爹娘和乌鸦。

他本来没把恒山放在眼里。

但是恒山下雨了,又没有路,在涞水摔伤的腿,过了半年此刻疼起来,裂骨的疼痛,膝盖像开了一道缝儿,雨水透过坚实厚密的牛仔裤流进去,灌成沟渠。

老屋伤心透了,凄凉中又隐隐有一种自豪感升起。

博尔赫斯果然死了,诺贝尔奖首次颁给一个非洲人。

应该去阿根廷。

零五告诉老屋,博尔赫斯排在今年诺贝尔文学奖候选人首位。

乌鸦去水房打水的路上碰到黄刚,黄刚是机械系的干部和学生会主席,也是乌鸦的积极追求者之一。
"明天我去北京饭店跳舞,你也去吧。"黄刚邀请。
"好。"乌鸦心不在焉。
乌鸦打了半瓶水。

老屋有阵子没和乌鸦在一起了,不知为什么,他们都没给对方打电话,哪怕是问候一下。
此刻,老屋和一个叫龚虹的女孩儿在一起,龚虹是老屋的邻居。
"喝牛奶吧,"老屋说,"没水了。"
龚虹点头,把牛奶喝了。
龚虹很愣,龚虹的愣和乌鸦的愣是两码事儿,龚虹愣得含蓄。
午夜两点,老屋憋得慌,就说:"咱们出去走走。"
龚虹穿上皮衣。
这也是一个星期六。
"要是有点儿风就好了。"老屋说。
他们都感到北京的冬夜太温暖,太抒情了。

乌鸦被黄刚紧紧裹着跳《蓝色多瑙河》，她沉浸在那高大男人的热情怀抱里。

"我不想跳了。"乌鸦想起老屋，心上有些忧郁。

"再跳一支。"黄刚又拉着乌鸦转了几个圈，乌鸦感到晕眩。

老屋想去找乌鸦，问问她是否通过体检要献血了。

回学校的路上，黄刚用军大衣裹着乌鸦丰满的身体，他们紧挨着坐在夜班车冰凉的后座上。

"冷吗？"

"有点儿。"

黄刚更紧地靠着乌鸦，大手在她头发里穿来穿去。

黄刚的嘴贴在乌鸦脸上，冷冰冰没有反应。

乌鸦的眼睛直直望着玻璃上的冰晶。

老屋终于一会儿狗一会儿熊地爬上山顶，他脱掉羽绒衣，对着标塔畅快地撒了一泡热气腾腾的尿。

他不想再下山。

天已黑，死在山上算了。

乌鸦一回到宿舍就踢掉棉鞋。

她真的困了。

路灯昏黄，冬夜明彻清朗。

老屋听龚虹讲故事。

如果月亮是月亮，就没有人相信科学了。

龚虹的头沉在颈窝里，白白的脖子像在挣扎着喘气，刚才梳洗过的长发，软软斜斜挂下来，遮住半边儿脸。

老屋想撩开她的头发，看她眼睛。

老屋想起乌鸦。

老屋觉得在心里，他只喜欢乌鸦。

天气转暖，老屋约乌鸦去西郊农场，因为考试，乌鸦去不成，老屋和葡萄进了另一座大山。

零五和山

　　零五感到难以抵挡的疲倦在轰炸他汗湿的几乎没有了血肉的身体。

　　进山前分到的每人一包的鬼子烟在他衬衣口袋里鸣叫。

　　当然，走着的时候不能抽烟。

　　他试着寻找某种熟悉的感觉。

　　比如两手在粗糙的牛仔裤上轻擦后留下的麻木和遥远的极难感知的阵痛。

　　比如一只肩膀翘起，顶住一侧的耳朵，让另一只耳朵独自聆听风声。

　　但是他什么也没找到，只有寒冷。

　　山谷里的一些东西升起来覆盖着他，他想躺下，随便什么

地方。

腿机械地走着，心机械地跳着，汗水在风里变成冰凌，他想，我是个男人，真冤枉了，后面还有两个女人在走——她们也许是苍蝇变了翅膀好明亮好明亮地追上来。

他回头——

——远山迷茫，故道纵横。

我是狼，苹子不是说我是高原狼吗？荒山狼，旷野狼，母狼撞树生下的无血性公狼。

他兴奋了，扬颈长啸，狂叫空山。

天在该黑的时候黑了，黑得还不那么纯粹。

他卸下绿色地质包，从脖子上摘下军用水壶，喝干剩下的水，肚子里凉快舒畅，身子猛地一颤，向后跌一下，但终于没有倒下去。

他拿出方便面，随手掰开，放进嘴里，没有层次地嚼着，他感到牙齿好像掉光了，口腔空空像某个很原始极难寻找而他又曾在梦中见过的洞，洞里漆黑，长满乱生的苔藓和浮藻。

他把方便面袋用石头压在路中央，继续走。

山比原来更高大更不可征服了。

眼睛模模糊糊粘起来，鼻子里也有某种液体抽动，而且不能遏止，手冷得像二月山岩。

他多么渴望前面的黑山变成白山,那坚硬的变得柔软,那冰凉的变得温暖。他渴望的是母亲的乳,妻子的乳,所有女孩儿的乳。

那些想象那些狂妄那些愚蠢使他生存下来,生存在本来没有希望的空间。

脚下的路石子多了起来,那路又长又窄,像一条弹性很好的尼龙带。

那路开始颠着他,颠得他头晕,晕晕地使他想起那次乘海船遇上海风掀起海浪而感到的那种翻肠倒肚的一点点恶心。那船是他和苹子一起坐的,他惊诧于苹子的忍受力和从容。她不慌不乱不急不躁不晕不吐,站着像棵生根的树,坐着像尊年轻的佛,她还笑着说着削着梨嗑着瓜子儿把泡泡糖吹成最大最薄最明亮的一个圆。

零五想山是有感觉的,山会升起来,也会倒下去,倒下去之后,又会在前面升起来,挺暧昧的。

腿在膨胀,他这才感到自己一直是用腰在走,腰是柔软的。

他重新把步子调得均匀,重新机械运动,而被汗水泡湿的衬衫冰冰凉凉地冷敷着脊背切割着肩胛骨。

山脉在柔软的蜷伏中完全黑了,像狗像熊像老妇像婴儿,没有层次,光滑地凝望。

怎么没有看到太阳落下去的那片殷红呢？

那血那风那跌进山谷的巨大轰鸣。

零五能听到那声音。

他拿出罗盘，看到方向与开始走时大致一样，放下心来，但依然没见到人家，也让他存些疑想。

也许前面有个村庄，他想。他想起他和帽子他们曾迷失在燕山山脉的巨大山套中，帽子说，前面将到达金笸箩村。

他拿出方便面袋用石头压在路中央。

山是神秘的，山里面总有动人的传说和关于山鬼的故事。

零五也不知道自己是否信，但又想——信也没什么不好，就信了。

很多人以为山鬼是极丑极恶的，他不以为然。他总是把山鬼想象成一个美丽而邪门儿的女神，这想象也许来自他曾看过的一幅画儿。那画儿上的山鬼比苹子还美——画儿是老屋画的，他不确定老屋曾经是否有过如此超然美丽的女朋友。

他随手摘下一片菱形的毛面叶。

哐哐……哐……哐……巨大的伐木的声音在空山里响起。

他站住，一股冷气抽上来绷紧了脑门儿，脸紧紧地缩着，想张嘴都难。

山又像刚才一样岑寂了。

他拿出天坛雪茄，点燃，香香地抽了一口，心旷神怡。

回望，空空焉。

他笑了，唱一句"卖了宝剑我就娶老婆"，京剧腔，那细长尖厉的回音震得他缩起脖子。

月明星稀，远处的山峦一片蔚蓝，山尖儿上像有水流下来，镜子般亮幽幽，那么遥远清澈，还有些模糊。那年夏天在鄂尔多斯，他躺在峥嵘的土地上，满天星斗。

星星那么近，近得唾手可得。

也是那天，他发现天空是拱形的，像一个凿满铆钉的船底。

有人家了，在一个没有回旋余地的谷底。

房子盖得漂亮，土木结构，明清遗风，房前的山楂树，果实饱满。

房东是个和蔼的中年汉子，矮胖，英俊，让人想起炮兵少校之类的。他几乎没等零五开口，就应了他的住宿。

火炕滚烫。

零五卸下地质包，把湿的衫衣，晾在干燥多灰的麻绳儿上，身体一震，冷冷地有一种振奋感。

他发现自己的胸廓大了一圈，皮肤湿润润滑溜溜透着柔情。

脱了牛仔裤，他看到大腿上红红绿绿沸扬起很多粉末，膝盖被磨得几乎渗出血来。

换了衣裤他去外面等苹子他们。

寒冷比刚才大了几倍,山坡上时有些岩石碎片翻滚下来。

风转着圈儿吹,吹彻山谷。

一个小时了,他相信后面的人再不会来,就回了。

坐炕上,他拿出浩然的《金光大道》。

小时候看过小人儿书,大了点儿也随便翻过一遍,他觉得这书挺好,就又看一遍。

然后零五睡了。

当零五被火炕的强劲热力拍醒时,已经清晨五点半了。

他穿好衣服去撒尿,发现"炮兵少校"还坐在灶前,灶里通红通红的正在燃烧。

零五想哭,他冲他感激地笑。

撒尿时,零五感到一股奇冷在体内曲线上升,小腹也有一种下坠的力量,臀部软麻麻像要卸下来。

他夹紧双腿,眼睛极力去望那黑乎乎连成一片的山。

山给了他力量,那模糊的充满欲望的群山,紧靠着显出某种气势,无比巨大的。

血又开始沸腾了,从双脚到胸膛,从心脏到四肢,他振了振单薄而结实的身体,豪气勃发。

重新上路,天阴得吓人,而道路却柔软得像一首写给爱人

的诗。

他不知道苹子他们会不会赶上来,他想苹子。

想着苹子,他就又想起另一个女孩子,很小,六岁,她的身体像是柳枝儿做的,清香清香柔暖柔暖,花瓣儿似的脸,眼睛大得出奇。她是零五表姐的女儿,爱和零五玩儿,愿意把自己的洋娃娃给零五做孩子。零五抱着洋娃娃说:妞妞,那你做我什么呢?做你的妞妞!现在,妞妞那香脆的声音,正穿越黑暗扫射着山岩和灌木,震荡着零五孤寂的心。

下雨了,水滴很小很薄地穿透云层,跌落山间。

云里有只大蜈蚣,阿婆曾经这样告诉零五,当它愤怒时就缩紧身子,把水挤出来。

零五擦擦脸,黏黏的,就又往裤子上蹭一把,头发逐渐打绺儿,还不太干净地垂向前额。

其实,零五挺喜欢雨的,只是别太大,太大会淹了皮肤,淹了心。

当然有时不会。

那年在南方的一个小镇,风雨平铺,他和苹子躲在一张油纸伞下,冻得发抖,饿得发慌。

那风大得能吹倒山,那雨水像鞭子像铁条抽打着他的肩膀和手臂。

他们紧贴着蹲在地上,听雨声如雷。

当他们终于挤上一辆破烂的环城公交，零五感到一场浩劫刚过。

苹子依过来，轻轻地吻了他，这是他们的初吻，彼时，目光如海。

每当零五想起那场雨，心上就有一种难以名状的感情，像树一样生长。

他从山里来到久已向往的北京，又在北京被那个漂亮的提琴小妞儿捉弄，再被学院开除，又在割痔疮的医院遇上灿烂的苹子。

零五看了一下表，八点十七分，一个令人喜欢的数字。

他在一块不是很平坦的石头上坐下来，抽一支烟。抽烟的时候，他感到幸福极了。

苹子反对他抽烟，说他不抽烟已像个鬼，抽起烟来简直就是魔鬼。

而他喜欢"魔鬼"这个词儿，觉得它有味道，而且汗津津五光十色的。

神仙天地窄，魔鬼疆土宽。

他续上一支烟，想着城里虽艰苦却花天酒地的生活，身上美美地洋溢着啤酒的芬芳。

零五生长在山里，他爱山，在山里他有最好的感觉，他相信有一天，他会从容淡定无牵无挂地走回山里，再不出来。

零五把烟头弹掉时，看到前面不远处的山道上，有一团绿莹莹的东西，他马上认出是一包方便面。妈的，这几个王八蛋长了翅膀了。

其实，零五不是太惊讶，因为他太了解苹子了，那女孩儿像水一样柔软，也像石头一样坚硬，如果你让她从你身上咬下一块肉，那她一定让你鲜血淋漓。

零五捡起方便面，擦干净上面的露水，放进包里。

他不打算很快追上他们，他喜欢一个人感受山。

云开了，云被风卷得打滚儿，风也滚了。

零五深一脚浅一脚乐曲般滑动，不疲乏也不困倦，只有些落寞有些伤感地哼着家乡小调。

他喜欢走这种绵绵山路，他觉得太陡峭的山就没有味道不好玩儿了。而在山里没有方向转着圈儿迷了路似的行进，才最有味道最好玩儿最符合某种定律。当然，他也不怕碰上那些能让最勇敢的斗士也望而生畏的光滑如脊背直立如刀削的岩壁，而有一次，他也确曾死里逃生。

那是一年的九月，他在一座不知名的山里，被一根藤条莫名其妙地荡到一座山峰的绝壁中央，而那根该死的结实的藤条却悄悄开溜了。

像武侠小说。

他站在云雾里，上下没有路。

他把身体紧紧贴在岩壁上，闭了眼睛。

心乱跳，身体颤抖，手脚冰凉，他用尽气力展背收腹，才在两分钟里安静下来。

他相信自己没问题。

他从背包里拿出水果刀、手电筒、军用水壶、手套和伤湿止痛膏，然后坚决地把背包推下山涧，无声无息。

他用水果刀一点儿一点儿地抠磨着岩壁，用手电筒敲打水果刀和岩壁，硬是在绝壁上开出一条石窝路。

然后他发现，其实自己离山顶不过两米多的距离。

他把伤湿止痛膏贴在石窝里加大摩擦力，然后扔掉手套。

向上攀登时，他的手极夸张地被一种神奇的力量撑大。

当斜挎的军用水壶撞在岩壁上，发出尖锐鸣叫，他的心，伤骨一般死灰。

开路的过程，烦琐、艰难而危险，他每次攀岩磨凿一个石窝，就回到原地休息一会儿。

上上下下几十次，终于开辟出他的再生之路。

冒出山崖的一刻，狂喜和巨大的压抑的恐惧攫住了他，把他的神经咬得粉碎。

他迷迷糊糊沉睡了很久。

后来，他找到了一户人家，那里住着身体健硕的大膊子姑娘，

和她善良的驼背老爹。

在一个岔路口,零五捡起放在右边路上的方便面,向左边小路走,他希望自己走出山去。

他很快发觉上了苹子的当,因为路旁有揉皱的过滤嘴儿。

果然,他很快走到一个村子,苹子和乌鸦坐在村头的大树下,脱了袜子晾脚。

他走过去,卸下背包。

苹子把一只袜子扔到他脸上。

太阳照耀。

老屋走出来,看见零五,笑崩了:"苹子简直能当你妈。"

"我能当你奶奶。"苹子把另一只袜子向老屋扔去。

田雷和陈红的故事

春天,杨树花儿结满全城。

田雷送父亲上火车后,匆匆赶到旧城墙,然后肚子被钢叉捅个洞,送医院了。

班柯比他伤重,半个脑袋给削了,腿上还挨了四刀。

杨康陪他们坐在急诊室外的过道里,待医生不紧不慢地询问先来的那些感冒发烧胳肢窝痒的病人。

他们一点儿也不急,原有的火,被鲜血浇灭了。

血让人镇静。

下午的阳光把他们照耀。

上药时,护士小姐唠唠叨叨,不知说什么,不听也罢。

班柯由于伤情太重,医院破例让他住了院。

那时住院名额紧张，而且好像还有一条不成文的规定——因斗殴而伤禁止住院。

于是杨康对医生和护士千恩万谢，表示一辈子感恩戴德。

田雷包扎后出院回家，杨康去找老屋。

田雷走上大街，杨树花有垂有落，有股清香。

田雷觉得此刻好极了，天空明亮，建筑物高耸。

这次受伤，田雷主动要求不缝针只上药，让伤口缓慢愈合，他要为自己争取更多的自由时间，宁可疼痛。

田雷把手伸进宽大的中式衣口袋，烟被鲜血浸泡，烟丝暗黄。

找路人借了火，抽着，浓烈的锈铁味儿，憋出他一大口浓痰。

陈红问过他，他说杂种操的才爱打架。

开门，母亲还没下班，他泡了两包方便面。

吃的时候，他感到肚子疼，就中途扔了筷子。

从书架上取下《闲情偶寄》。

他从来没干过这种蠢事，只听班柯说有人码架就去了，什么都没弄明白就挨了刀，活该。

开门进来的是陈红，她见田雷赤裸着上身，肚子上厚厚的白纱布像个大瘤子，就问："没事儿？"

"给我倒杯水。"

陈红走后，田雷睡得像猪，大开的窗户把冷风灌一屋子。

那年夏天,在山里,天色已晚,田雷和班柯找不到走出去的路,就把最后一包烟掰开分了,食物和水也分了,然后一个向左,一个向右,各自逃命。

田雷向一座烂山的谷底走,山坡上潮湿泥泞,还有荆棘枣刺儿,扎得他满手是血满心烦躁。

山坡的中央有一条石路,由一些很大的岩石块堆积而成,想来是过去砍伐森林的人用来滚木的。

田雷找了块能垫上双脚底面光滑的片儿石,然后把背包束紧,两脚踩上去,蹲下,双手用力,片儿石负载着他向山下滑去,山谷轰鸣。

田雷专心致志地滑,屁股使劲儿往后坐,手臂紧绷,在无助的空间中寻找平衡。

由于片儿石载重冲力太大,两旁和山上总有些大大小小的石块被激起而迅猛下砸,田雷虽机警躲闪,仍不免被飞溅的石块砸在手臂和背包上,非常惊险。

滑到谷底时,田雷发现了一条河。

太阳完全没有了,天空满布乌云,田雷穿上所有衣服仍感到寒冷。

那是夏天,山谷里开着好多花儿,但此刻只能闻到花香,看不清花形花色,更无暇去想花落谁家。

田雷知道沿着河走会越来越冷,虽然是夏天,山里的水也

冰寒刺骨，但他别无选择，因为沿着河走，可以保证他出山。

水总能救人命。

沿河不好走，被水浸泡过的石头高高低低，一会儿硌脚掌，一会儿绊脚跟儿，河里的鱼腥味儿还那么浓那么烈那么不知羞耻地阵阵飘来。

下雨了，田雷想到塑料布和雨衣都在班柯包里，而自己却背着照相机。

他很快地脱离河沿儿向山坡上跑，找到一块翘起的岩石就躲到下面。

岩石下很潮湿，像尿了裤子。

雨不停，月亮出来，雨还是不停。

山里传来"哐、哐"的声音。

不太可能是伐木，或许是吴刚伐桂？

凡是喜欢进山的人，都听过这种声音，恐怖，阴森。

田雷的心晃了晃，鸡皮疙瘩蜂拥而起。

他有些急躁，但很快这种急躁和恐惧，就被雨水和经验和勇气浇灭了。

他干脆坐下来，背靠阴湿的石头打盹儿。

醒来，鞋和袜子湿透了。

点了烟望天。

月亮挺好，只是淡些。

灭了烟。

他发现河对岸的土地在月光下是干燥的。

河不宽不窄,二十米的样子。

他把包扛在肩上下了水。

河中央,水没了脖子,水流激荡要把他推倒。

他的气喘不匀了,那种压迫的紧张感让他在一瞬间放松下来,脚下一用力轻松地滑出六七米。

到对岸,他欣喜地向上一纵,没想到落地时脚一崴,整个身子平面地拍在河滩上,鼻子一酸脑袋一响,失去了知觉。

风摇醒他。

摸摸脸,沼泽的感觉,他知道脸已成酱,非常柔软和好看了。

他从背包里拿出相机,镜头向下。

镜头粉碎,玻璃碴儿雨水般降落在眼球儿上。

他感到有人在吹他眼睛,就鼓足勇气睁开眼。

是妈妈。

"怎么搞的?"妈妈指着他肚子。

"闹着玩儿,没事儿。"他轻轻拍拍纱布。

几天后。

田雷在院子里写小说,杨康和乌鸦来了。

杨康说班柯已经回家住,伤口缝了二十几针,没大碍了。

乌鸦说老屋到河北帮老乡养鸡去了,几个礼拜后才回来。

田雷问杨康班柯什么时候拆线或者换药,也想跟着去看看。

第二天,田雷就和杨康叫来帮忙的三个伙子一起抬班柯上医院了。

今天班柯拔插条儿。

换药室的空气黏黏糊糊腥臭得像鱼塘,医生只允许田雷一人陪班柯。

"特疼吧?"班柯问。

"不疼,一点儿不疼。别紧张,我做过好几次了。"

班柯还是有点儿怵,右手死死抓着田雷胳膊。

田雷望着他,看到这强壮汉子的脸上,有异乎寻常的苍白和悲凉。

田雷想起自己那次死去活来的经历。

五月,万物慢慢好起来。

田雷和杨康在山西一个小火车站附近的铁轨上。

"来了。"杨康说,他们退出铁轨,静候。

一列货车拐着小弯儿驶过来。

车头和两节车厢一过,杨康说"上",身形叶子般飘起,橡皮膏似的贴在车厢板壁上,一手紧握铁架柄。田雷看准下一节

车厢连接处的绞索,心算了右手的把点和左脚支撑点,飞了出去。

他的动作稍快了一点儿,右手打在上一节车厢的厢板上,没着没落抓空了,身体被厢板反弹然后坠落,左膝砸在轨基的一块石头上,也不知道哪儿一难受就轰隆隆地晕过去了。

杨康把他扶坐起来时他醒了,脑袋晕烟晕酒似的沉迷,膝盖上的裤子破了,伤口丑陋地张着,血不多,但那白中透灰的骨头渣子,让他再一次晕过去。

杨康横抱着他向前走,一颠儿一颠儿地,他似梦似醒,仿佛摇摇晃晃走在铁轨上。

他使劲儿睁大双眼,看到杨康湿热的胸脯水汽蒸发。

小站没有医院,甚至没有卫生所,方圆几十里唯一的一个"赤脚医生"还去给人接生了。

站长只得派人去找一个搬道工,据说他原来是国民党的一个连长,国民党亡命台湾时溜号留了下来。这人有点儿神通,站上解决不了的难题都去找他。

他来了,中等身材,两颊凹陷,双目有光,体格粗壮,面相很善。

他捧过田雷的腿看伤口,然后两手左右一分,把田雷左腿下半截裤子撕掉。

田雷感到清凉轻松了许多,但随后的一阵小风吹得他浑身颤抖。

"咱这儿也没啥药，先消毒吧，别怕。"说着他从裤兜里拿出一小瓶儿酒精。

"酒精？"杨康皱着眉毛，极男人的面孔扭曲了。

"只能这样，明天一早坐火车进城吧。"

田雷心虚得厉害，杨康点一支烟给他。

当酒精流过伤口，他一阵痉挛，不知因为过分紧张，还是过度疼痛，脖子一软，脑袋一偏，又晕了过去。这次他苏醒得很快，恍恍惚惚觉得有人在用刀子给他剔肉，难以形容的疼痛夹杂着一丝残酷的快感。

他不敢看，只想能再晕过去，免得活受罪，受活罪，但偏偏晕不成，只能扛着，想起《沙家浜》，把麻药留给重伤员。

他想分散注意力，就去想陈红，然后好像就真的捧着陈红美丽的脸了，而这时膝上突然一用力，一大块儿牵扯着煤灰的烂肉被撕掉，他号叫着一口咬在陈红美丽的脸上，那脸顿时灾难深重，而他满嘴血腥。

"真的不疼？"班柯又问。

"真的。"田雷说，田雷特理解班柯此时的心情，那次当杨康抱着田雷回城找到医院时，离田雷受伤的时间，已经超过二十四小时，缝不成针，打了一管破伤风后，就敷药等着慢慢愈合了。

其间，田雷的伤口屡次受到摧残，因为总是表皮先长上，而内里的肌肉未长出，换药时，先长好的表皮一次次被重新撕开。

田雷给班柯讲这两天他正写的小说，不知不觉插条儿已被拔去了，班柯浑然未觉。

田雷看了一眼班柯结实多毛的大腿。

无论如何，田雷想，他是条汉子。

杨树花儿砸在田雷脸上，落在地上，他捡起来，回家跟西红柿鸡蛋一起炒了。

田雷的小说《汉子》发表了，他如释重负。

之后，他忙于学习，没写什么东西了。

半年后，一篇署名田雷的小说《汉子（二）》发表了。

当陈红把那本杂志拿给田雷时，田雷气疯了。

他没有控告窃名者，只是每天关在家里，喝得烂醉。

当他重新走出家门时，居然神清气爽，头顶光环。

他又开始写作，又和朋友花天酒地。

一年后，田雷发表了小说《汉子（三）》。

一天下午，阳光灿烂，一个满脸胡子的小眼睛中年人来找田雷，说他是那个窃名者，并说田雷真是条汉子。

田雷笑了，去小铺买了八两白干儿，一斤牛肉，他们成了朋友。

这些天，田雷心情很差。

陈红走了，跟另一个人。

班柯和杨康来看田雷，田雷请他们帮忙打架。

班柯说，我不打，太愚蠢，没道理，好像男人只会动武，持枪抡棒像农民起义。

杨康说，田雷不是我们不帮你，你丫真不是条汉子，连自己的女人都留不住，陈红是个好女孩儿，咱们都明晰（北京话读四声）。

田雷低了头。

他想陈红，没了她，才感到原来她也是有血有肉的人，他不能没她。

田雷去找乌鸦，乌鸦说女人需要男人的一点儿温情。

于是，田雷写了封长信给陈红，说他爱她，想她，真的。

陈红很感动，扑回田雷怀里，他摸着她的长发笑了，笑得像孩子。

陈红哭了，哭得很快乐，她知道这回这汉子真的是自己的了。

春天，杨树花儿结满全城。

葡萄狗子班柯帽子卖书的下午

天阴,有点儿冷,葡萄和班柯还是把一大包旧书搬到了街上。

葡萄从旧军装口袋里摸出几张皱得发烂的一毛两毛纸币,班柯掏出一把钢镚儿。

铺开一张两平方米的黄色塑料布,把书码上,他们也坐在上面。

帽子和狗子来了。

狗子吊着肩膀却显得平展,在阴天的漫射光里,帽子脸上那几条不甚明显的白道,闪闪发光。

"卖旧书了。"狗子含混地叫一嗓子。

"卖书不用吆喝,"帽子说,"又不是卖白薯。"

"我看和卖白薯没什么区别。"葡萄说。

"我看也是。"狗子嘟囔。

这块地儿是帽子的地盘儿,背靠中芭,他爸妈都在里边工作,而且是小头目一类。

最先来捧场的是帽子父亲的同事,腿很长,戴低度近视镜,样子像《小巷名流》里的司马寿仙。

"呦,小子,又卖书了。"

"五叔,还不挑两本儿,给捧捧场。"

"那肯定呀!"他弯了庞大的身躯,蹲下。

葡萄望着大街发呆。

(进山前一天,太阳好,葡萄和狗子背了两大包书去宣武门路口卖。很多人围上来,两分钟,卖了三块钱。)

"还有这套书里的吗?"五叔问。

葡萄回过神儿,见五叔拿的是北京出版社的外国文学家简介丛书。

"还有一本紫皮儿的易卜生。"

"找出来,找出来。"

葡萄趴在塑料布上一阵乱翻。

"买本这个吧,我们高考时用的,编得特棒。"

班柯向两个相貌平庸充满科学气息的高中女生推荐。

狗子把班柯的白斗篷披上,像一只披了羊皮的狼。

葡萄用火柴点燃"天坛"。

"你找什么方面儿的?"

"文学的。"

"小说还是诗?"

"都行。"

一个说话声音细和柔软的女学生,穿一件黯然无光的紫衣裳。

"这几本《诗刊》不错。你喜欢谁的诗,我可以帮你找。"

"流沙河的。"

葡萄翻出一本:"这上面有。"

他拿起另一本:"这本也不错。"

他翻开目录:"你看,这上面画圈儿的都是好诗,是我当时画的。罗洛这首写张海迪的诗,是所有写张海迪的诗中最好的。"

"真的,"葡萄补充说,"我也写诗,我不骗你。"

"她不信你的话,"帽子小声儿说,"你看她的脸。"

女学生的表情比没有表情更淡一些。

葡萄向帽子做了个表情,示意他别说话。

女学生翻来看去装模作样了半天,还是买走了葡萄推荐的五本《诗刊》。

葡萄很有成就感地冲帽子笑。

抽雪茄的好处是不上瘾。

(进山前一天的前一天,狗子在挨家挨户敲门收旧书时,认

识了他现在的女朋友。

狗子说：丫整个是一表演艺术家。

他们刚认识就好了，刚好就一起去收旧书了。）

黄毛衣耀眼。

一个芭蕾女孩儿梳着小歪辫儿走过来。

卖旧书是结交女孩儿的最佳方式和时刻，看你想不想了。

来翻旧书的女孩儿一般都胆子大，也比较开放。

有些女孩儿还是文学青年，让你觉得不枯燥，但日子长了，你会觉得她们太有思想太偏执，你不行。

（"这书都是你们的？"寸头问。

葡萄和狗子看着他。

他顺手捡起一本五十年代翻译的苏联小说《走集体化道路》，书上盖着水利部图书馆的公章。

"这本书是谁的？"

"旧书店买的。"

"买的？这是什么？"他指着公章。

他把葡萄和狗子当贼了。

看上去他们俩的确挺像贼的。

围观的人越来越多。

"书后面有注销章。"葡萄把书翻过来，封底有一个紫色的注销章。）

帽子仰起脸，镜片儿后的眼睛叼着小歪辫儿。

"您要什么书？"

"有名著吗？"

"没有，名著我们自己还留着呢。"帽子顶腻味这种女孩儿。

"那你们有什么呀？"

"这么多书你自己挑啊。"

她不愿弯腰屈膝，怕委屈了玉腿。

班柯和狗子不断地把钱交给葡萄，葡萄的衣兜儿鼓起来。

（寸头的脸色变了，他从兜里拿出工商袖标："全收起来，跟我走。"

看错了还嘴硬。

葡萄不软不硬地争了几句，但马上想到跟这帮人只能用软的，就不再说话。

狗子已经在收拾书和塑料布了，他没有把愤怒写在脸上，脸上是无所谓，像棉花团儿。）

武侠小说、传奇文学、时装、电影、中学科技、读者文摘一类的书卖得最好。

天阴着，雨没下，耍赖皮。

他们感到冷，起身各自活动。

班柯给一个老太太解释："我们是大学生，卖旧书攒点儿钱假期出门旅游。"

狗子时不常地嚷一句："卖旧书，便宜了。"

帽子不放过任何一个经过的熟人儿。

（"这回可算是进一次局子。"葡萄说，心上不沉重，还有点儿美。

他们没被带去工商所，而是派出所，那家伙果然还是拿他们当贼了。

派出所人多，络绎不绝。

一个黑胖子坐在长凳上。

葡萄过去问："你也是给陷害的？"

黑胖子摇头，指耳朵。

真聋还是策略？

他样子凶，目光善良。

狗子把学生证和钱藏到内衣口袋里。）

小歪辫儿在书摊儿前搔首弄姿迎风摆柳了一会儿，然后挺了挺娇小丰饶的胸脯，弹着修长活泼的双腿走了。

帽子"吚"一声。

小歪辫儿在风中飘。

班柯说："这姑娘长得不错，条儿和盘儿都行。"

狗子应和："我觉得也是。"

他们几个人，朴素、理想、热情，在阴天，成了一个景儿。

一个女工模样儿的少女蹲下来，拿起一本《诗刊》。

帽子把葡萄推向前,生意来了。

葡萄略放大声儿,假装和帽子说:"看来你们家这地儿行啊,人的文化素养普遍偏高,今儿的《诗刊》卖得挺快。一般人喜欢文学,也就读读小说看看故事,而真正喜欢文学的人才读诗。"

帽子心领神会:"对,诗属于更高级点儿的那种。"

女工买走了剩下的全部《诗刊》。

(狗子划着火柴,他们点上烟。

进来一个面孔平板,左颊略有些凹的警察。

葡萄觉得他总皱着鼻子。

"这书真的都是你们的?"果然满嘴里跑鼻音儿。

"绝对的。"

"哪儿来这么多书啊?"边说警察边拉开编织袋拉链儿,边翻腾起来。

"都是过去买的。"

"你们够有钱的啊。"

又过来一个警察,和他一起翻着《电影画报》。

"你们是哪儿的?"

"上大学。"

"好啊,国家培养你们花这么多钱,你们却来破坏国家法律。"

"没,没,我们真的不知道不能卖旧书,我们只是觉得买书时花了不少钱,要是拿到废品收购站论斤卖太亏了。"

"我就不相信你们这些大学生这么饭桶,连没有执照不能卖书都不知道。"

警察已经改口在说另一件事儿了。

"我们真不知道,我们看见那儿摆地摊儿的挺多,就过去凑个热闹。"

"你们能和他们比吗?他们是大学生吗?"

"对,对,我们错了。"

"错了,错在哪儿啊?"

"我们真不知道卖旧书还要执照。"

"不知道?那你们知道什么呀?"

无语。

"别的一些吧。"

"那么说别的你们都知道了?"

"没有,没有……"

"你们知道宣武区有几座金库吗?"

"不知道。

"是啊,知道了还了得,你们还不得撬金库去啊。"

什么逻辑。

"那不会。"

"不会什么呀,你们什么干不出来啊。哼,大学生……你们抽烟学校不管啊?"

"大学里不管。"

"那么说除了抽烟不管,什么都管了?"

又是什么逻辑。

"我打个电话给你们学校,问问他们管不管你们无照经营。"

"别,别,您就原谅我们这一次吧,以后不卖了。"

"我原谅你们,法律能原谅你们吗?要是法律原谅了你们,那还要法律干吗?")

天慢慢黑下来的时候,帽子他爸来了。

"爸。"

"叔叔。"

"叔叔。"

"叔叔。"

"没事儿吧?你们就尽管放心大胆地卖,在这儿不会有人查。"

"谢谢叔叔。"另三个异口同声。

帽子、狗子和葡萄退后一点儿抽烟去了,今天班柯从始至终一根儿没抽,大好学生模样儿。

"丫今天怎么了?"

"你看呀。"

班柯身边多了一个女孩儿,长得很漂亮。

女孩问:"你们都是大学生吧?"

班柯："是，你呢？"

女孩："我明年考。"

女孩："你们这算是勤工俭学吧？"

女孩："我觉得你们几个看上去都挺特别的。"

女孩："我以后能找你们玩儿吗？"

班柯把女孩儿介绍给大家，女孩儿叫夏军。

先下手为强，夏军后来做了班柯的女朋友。

天完全黑了的时候，路灯一朵朵亮了。

他们找了个小饭馆，用五块钱大吃大喝了一顿，夏军也去了。

（那个事儿后来处理得挺好，警察看葡萄和狗子真不像贼就把他们放了，但是书被扣了一天，第二天才让他们领走，一本儿也没少。

他们还挺感激警察的，警察嘛，他们有自己的工作方法。）

班柯和小晖的故事

班柯不想爬楼,十四层,电梯一坏他就腿疼。

昨天什么来着?

在三层楼梯拐弯处,他追上一个老太太。

"您行啊。"他边说边笑。

"不行啦。"老太太喘息,说也笑。

昨天在电梯里也见过这个老太太。

在八层他追上了小阳阳他妈。

小阳阳可爱,因为他妈标致。

少妇向他点头,他本想叫阿姨,没叫出口,他想起小阳阳总叫他叔叔。

他向少妇笑一下,很羞涩,少妇的目光温柔如水。

"少妇就是比少女可爱。"昨天谁这么说。

十一层时腿有点儿抽筋,今天走了很多路。

十四层到了,家里没人,昨天用过的餐具张牙舞爪摊了一桌。

昨天怎么了?

他打开电视:一个秃顶的中年男人在讲化学方程式。

化学他最次了,中学毕业时,化学成绩连总评老师都没给及格。

只能怪自己,怪不得化学。

他关电视,坐沙发里,想一些细节。

也许不是在冬天?

昨天天儿好,很多人晒被子和床单儿。有些被子和床单儿好看,像旗帜是风景像蒙德里安的画儿。床单儿和被子的阴影里,小孩儿玩弹球,有的还是挤豆子。

该把老王八的小说还了,借一个月,没翻过,他一直觉得老王八写不出好东西。

楼下邮递员喊他拿图章。

下楼。

"这上面写的是班柯,是真名儿吗?"绿衣摩托问。

"不是,但我只有这一个章。"

"行。"

邮递员一阵风走了。

还得爬十四层,去你妈的。

班柯抱着包裹去找老屋。

"你在?老屋呢?"他问魏红,魏红很迷人。

"他上学了。"

"我等他。"

魏红给他倒热水。

"昨天你在哪儿?"

"在这儿。"

"老屋呢?"

"也在。"

"小颖呢?"

"不知道。"

"我没来?"

"没有。"

"麻烦你帮我把包裹拆开吧。"

是一件鲜艳的红毛衣。

他们都笑了。

"夏军寄的?"

"还能有谁。她在成都实习呢。"

"听老屋说你们准备一毕业就结婚?"

"可能吧。"

"听说夏军跟我差不多大？"

"你多大？"

"十八。"

"她十九。"

"十九岁就大学毕业，真了不起。"

"这有什么，还有人十九岁已经是几个孩子的妈了。"

班柯喝掉半杯水。

"老屋好吗？"

"挺好的。"

"乌鸦呢？"

"我不知道，没听老屋说。"

班柯眯起眼睛。

班柯一直不知道是否该接受魏红。

班柯还是更喜欢或者更习惯老屋跟乌鸦在一起。

看来得接受她了，班柯想。

"能给我弄点儿吃的吗？我肚子里一没食儿脑袋就晕。"

方便面蓬松着，像昨天的什么，也不像，昨天的什么好像是翻着泡沫的。

"你喜欢老屋？"

"嗯。"

"他也喜欢你?"

"应该吧。"

"你知道他是个混蛋吗?"

"无所谓。"

"你知道乌鸦是个好女孩儿,老屋爱她。"

"我知道,我也喜欢乌鸦。"

班柯无话可说。

班柯吃完面站起来:"我走了,这件毛衣送给老屋,他要是愿意给你也行。"

魏红感激地笑了。

这算是一种和解?

班柯不知道。

班柯知道昨天一定发生了什么。

班柯回到家,电梯没修好,转身进了一家小饭馆,"三两绿豆烧。"

晕晕乎乎再回来,电梯有了。

开电梯的那个大妈似的小姑娘告诉他,电梯没坏,只是停了一天电。

他"噢"。

进家门看到电视……

电梯的电和电视的电不是一种电。

打开收音机,女播音员用蔬菜的声音评论一桩食物中毒案:"昨天,本市……"

昨天。

班柯打开晾台门儿,让风进来。

班柯笑了。

罗曼·罗兰说:"打开窗,让英雄的空气吹进来。"

那声音老迈,嗓门儿粗哑,老英雄!

老英雄让风吹起来,吹进门窗。

打开窗,放老英雄进来。

好吗?

"嗯。"她走上晾台,三面来风。

班柯点了烟坐着,在烟雾里,他能最好地感知自己,和他人。

他不自信?

"你也抽吧。"他说。

"没试过。"

"要不尝尝?"

"好吧。"

擦着火柴,班柯说:"你得嘬,不嘬它不着。"

她照着做,像样儿。

班柯再教她怎么护火儿,怎么给人递烟,怎么把烟吸到肺里。

班柯是生活导师,喜欢说教。

班柯想,她天生是吸烟的料儿。

那天天好,温暖的夕照里,他们久久伫立在风中。

后来天黑了,他们一同坐在钢丝床上,聊家常。

没开灯的光线特别好,像是特意营造出来的。

他一支一支地吸烟,有些局促。

这女孩儿他小时候抱过,那时她更小。

他拿了杯子,一人一杯"佐餐"。

她说她能喝酒,他信,女人天生四两酒,何况"佐餐"基本上也不太算是酒。

喝了酒,她话多起来,不喝酒,这些多出来的话她不会说。

班柯插不上嘴,他喜欢这女孩儿。

班柯抱住她的头,动作笨,但是朴实。

她也就把头歪在他胸脯上。

她的皮肤光嫩洁白,那身子是人的,那目光和微笑是神的。

要命,班柯想,我不能跟一个这么纯真没开过脸儿的女孩儿在一起,我得去找姑娘,夏军那样儿的,大些熟练些的。

他希望这念头能把其他念头赶跑。

他点燃两支烟一起抽着,不舒服,掐灭一支。

葡萄酒也起泡儿。

班柯不明白,他想起葡萄和煮沸的方便面。

"我困了,想睡一会儿。"她说。

"睡吧。自己能醒吗?"

她点头,一侧身就睡着了,她身上的红毛衣异常耀眼。

班柯坐在圆凳上看《雪国》,他觉得驹子过去好像不这样。

半小时后她醒了:"几点了?"

"不到四点,天还没亮。"

她伸了个长长的懒腰,班柯也觉得舒服极了。

她趴在床上,两手支着腮帮子。

班柯走过去抱她,他的血液流到一起。

他抚摸她,吻她,她铁马冰河的态度让他很快没了热情,软了,是那种真正的瘫软,像草绳儿。

班柯吸烟,吸两口就在塑料尺上拧灭,那烟不再下沉,而是很冲地顶上来,难受极了。

他想零五、田雷和葡萄他们。

他想进山,那山啊!

明天去找老屋,老屋好像也不好过。

谁也不能拯救谁,谁也不能,谁也不是谁。

没有太阳天就阴着,抓一把的感觉有了,别的都没了。

这是男人的悲哀,这悲哀遥远遥远气势汹汹扑过来,长明灯也熄灭,那巨大的岩石的东西压下来,那道路狭窄,那风飘扬,那雪野里的哭声震天动地。

没有悲哀，是欢笑呕吐的泪水，那泪水欢欢笑笑，欢欢笑笑的泪水把一切都冲了。

他用手在脑门儿上使劲儿搓着。

那张面孔开始流淌泪水了，那双眼睛沉浸在深渊里。

"你别哭。"他说。他没再说别的，别的没什么可说了。

好多事情记不起来了，虽然努力回忆，班柯终于有些厌烦自己，为自己的缠绵羞愧。

他不该这样的。

那么多东西就翻起来，翻着，翻着，滚动着。

班柯很熟悉这些动作，太阳就这么升着落着也还在中天。

他听到有人喊"救命"，他看到一个白色溺水者手舞足蹈。

周围没有别的人。

他掏出烟，点燃，抽着，目光茫茫地罩着那片欢腾的水域，直到呼救声被迟到的风吹得无影无踪。

小学时一次春游，在北海，船翻了，他掉进水里。他不会水，而老师年轻力壮就站在岸上。岸上很多人，没有人救他，甚至没有人为他呼喊，只是因着机缘巧合他活下来，还会了水。

当那具苍白的男人尸体浮出水面，他轻轻地笑了，还畅快地打了个长长的呼哨。

就这样。

看着她。

他感到一阵心冷，身上却热热地好像皮肤化开了。

他感到奇怪，她身上那种清清淡淡的香味儿让他如走进迷宫，找不到方向。

我是条狗，他想，我的确是条狗。

狗也许容易些。

"你不信我？"她问，目光团团地打着结。

"为什么？"

"只是觉得。"

"没有，我信，为什么不？"班柯不信，此时他连自己也不信。

"我，我其实不在乎，但是……我也说不清楚。"她无可奈何。

班柯也无可奈何。

"其实，其实我内心非常放荡。"

小姑娘的表情，冷艳，动人，她的话像一道闪电，打在班柯黑暗的心上。

他喜欢她，他知道她是第一次，她不是放荡的女孩儿。

没有哪个男人真正喜欢放荡的女孩儿。

这话绝对了。

或许也不。

班柯让她接着睡，自己抱了凉席到客厅，把拖鞋底面儿相合当枕头，也去了爪哇。

入梦前，他有一种想紧抱大理石的感觉。

冬天,班柯说想进山,她也想去看冰灯,于是他们上了火车。

车轮飞,汽笛叫,火车向着康庄跑。

他们去延庆,龙庆峡。

龙庆峡是个什么地方,怎么会有冰灯?

龙庆峡是一个水库,军都山中间的一条河。

也许因为龙吧?

不因为龙,去年就有过冰灯节。

去年班柯和葡萄、零五和苹子到过龙庆峡,那是夏天,水绿得让人想不过来。

那时候,龙庆峡还是个稀罕的地方,去过的人不多。

你想什么呢?

没想什么,我在看你,挺逗的。

怎么逗?

说不好,感觉吧。

什么感觉?

类似于某女梳长发。

班柯用手抚摸她短而直的头发,每当这时,他总感到她有一个坚硬的头颅,这头颅因为班柯短小的手掌而更加坚硬。

一个憨憨的穿蓝制服的小伙子坐到他们对面。

您结婚了吧?班柯问。

班柯喜欢问，问十万个为什么，他好奇。

但是他真的好奇吗？

真的好奇！好奇害死了他，这是后话。我不知道有没有机会讲更多班柯的故事，走着瞧吧。

结了。

您有二十几了？

哪儿啊，三十四了，我们孩子都十一了。

看不出来，班柯说着看了她一眼，她笑着。她知道班柯一定认为他至少也过四张儿了，那么老的脸。

那您的是男孩儿女孩儿？

男孩儿，他骄傲地说。

班柯被他得意的表情激怒了，他真想跳起来把他掐死。

傻 × 才要男孩儿呢，班柯想。

那真该祝贺您，班柯满脸真诚地说，然后一指身边的她，说，我们这位也怀上了，还不知是男是女呢。

她咬嘴唇儿，她没想到他会开这种玩笑。

她想，如果这时她手里有刀，班柯一定做不成男人了。

那也得恭喜您了，不论男女，它总算是颗种子呀。

她差点儿把牙齿咬碎吐他一脸麻子。

班柯在旁边儿抻了抻脸，他被她娇媚的表情感动了。

现在，你特别好看，他小声说。

她瞪了他一眼，做嗔怒状，然后就从嘴角开始笑了，笑成一张脸，那笑暖融融地把两个人都罩住了。

火车过了青龙桥往西拨子开时，她扛不住了，吃瓜子儿的嘴唇像吃人的嘴唇。

要不睡会儿？

她歪在他肩上很快过去了。

他摸着她光滑的脸，觉得真是委屈她了，自己肩上没肉，刀片儿似的，一定硌得她难受。

可是过了一会儿，他又想把她叫醒，饱以老拳。她那颗坚硬如顽石的头颅，把他的半个身子顶出了座位。她是他平生见过的最贪睡的女孩儿，她睡着的时候那么美，没有声音，不改变形状，难得。

一般来说，他想，女人比男人能熬困。

她睡了一会儿，头就从班柯肩上往下滑，班柯只好用手抬着那头，以免她因头滑落而醒来。那样子滑稽，但班柯不觉得。他只是觉得自己的胳膊上压力越来越大，时间长了，他终于明白钢铁是怎样炼成的。

有个女人开始笑他们，那笑容丑陋，她还把她的汉子拉起来也看他们，两个人便一起丑陋地笑着。

他扇了她一个小嘴巴，下手太轻，她没醒。

"醒醒，到了。"班柯拍着她睡红的脸，她表情愚钝像一只

醉鸡。

她嘴里咕咕噜噜一阵，然后噘起嘴用手背揉眼睛。

班柯想起夏军，夏军也总用手背揉眼睛。他知道夏军爱他，但他无论如何也爱她不起来，他觉得夏军哪儿都好，于是爱就成了一件多余的事儿。朋友们问他，他就说：夏军做不成我老伴儿，大骡子生不出小骡子。

她很快恢复了常态，沁人心脾地站起来。

喝掉两瓶啤酒后，班柯对葡萄说：我决定了，给她写封长信。

然后班柯走了，留下葡萄一个人对着墙发呆。

信写得很长，甚至超出了他的想象。

在信里，他讲了很多话。他告诉她他爱她，他不知道应该怎样去爱，他不知道爱到底是什么，但他相信他爱她，这是一种真实的行为，像打破锅去找补锅匠，像把吉他弦扯断再换上，像给远方的祖母写信。

然后他沉睡十几个小时，然后他去发信，那绿色的邮筒让他感到一点儿恶心。

然后吃面包，涂上乐曲似的黄油。

写信有时候很管用，特别是长信，田雷曾因为写了一封长信，赢得了美人儿陈红死心塌地的爱情。

乐曲停止时他们下了火车，中午，太阳正好。

铁轨像一幅稚拙派的作品。

那画面总是她在走来,身边有只白羊。

班柯几次想打电话给她,但忍住了。

班柯睡了。

班柯醒来时相信她会来。

你是什么星座?

黑狗座。

有这个星座吗?

那就是板鸭座。

从康庄往龙庆峡,每天只有一班车,车塞得满满的,人就像臭虫,臭虫就软软地挤在一起,臭虫还叫,还笑,还流鼻涕打哈欠,公的还抱了母的,大的还裹着小的。

风从半启的窗口蜂拥而入。

冷吗?

有点儿。

把手插我大衣袖口里。

皮肤一震,成胶黏状。

窗外白土地连成片地荒着,树都长得不太好,偶尔有棵还看得过去,浓黑枝杈还弯了脖子。

不用回头转身,班柯知道是她。

班柯回头转身,她先一笑,然后他感到体内有某种液体升降。

钟的响声大起来。

她放下一封信,走了。

车开得飞快。

然后到了。

老屋的小说

A

太阳照在脸上，眼睛眯成一条缝。

老翟总是习惯于在这个时候望天。

天上没有云彩，也没有鸟飞来飞去。

老程在刮脸，刮脸的时候老程习惯地眨着眼睛。

老翟很反感，听到电动剃须刀的嗡嗡声，他就肝儿颤。所以，他一直用剃刀和肥皂。而且，他也很反感老程眨眼睛。

老翟说，你的眼睛本来很小，一眨一眨的也没什么效果，还不如你大口大口地喘会儿粗气，嘴巴一开一合的动作比较明显，多少还能给你提点气儿。

于是，老翟开始嗑瓜子儿，一粒粒嗑得很仔细很完整。

瓜子是院子里那几株美丽的向日葵的籽，向日葵是他们自己种的。

风来吹翻老静的裙子时，老程嘿嘿地干笑了两声。

老程说，季节果然又变了，外面又有得可看了。

老静摆了一桌酒菜，有酒，有菜，但是没有肉，没有鸡蛋。

咱们没钱了？老程问。

老静笑。

老翟继续眯着眼，不说话，嗑瓜子儿。

太阳没了，一盘散沙似的星星冒泡似的浮出来，很没有规矩地铺了一天。

心里想肉，老程嘴里的黄瓜被切割得像肉丝一样。

老翟不仅长出了白胡子，而且白里透红，不红又不白，就是虽然茂盛但明显因发育不良而无精打采的那种。

他们真的累了，他们这样活下去的勇气也累了。

这样下去怎么行？不行。

谁都清楚。

喝过酒，老静的脸红得好看。

山里的夜，夏天也凉。

他们想起城市，怀念城市里那有走廊和玻璃窗的房间。

本来就没有桃花源。

老程躺在地上,抽烟。

老翟望着天空,发呆。

试验明摆着是失败了,但是没有人愿意首先提出返城。

那茹毛饮血的野人的日子不是还没有开始吗?那种日子会怎样?

不必想象也知道。

那怎么办?

B

回城第二天,老翟老程老静围坐喝酒。

没有人知道他们回城,但有人敲门。

有人敲门就说明有人来了。

门外很多人,男女老少大小肥瘦,没有熟人。

大学和研究所的人是来下聘书的,说是要请老翟老程老静去讲学或从事研究工作。

讲什么?研究什么?老程推了推很传统的白眼镜,样子挺像教授。

古汉语。

老程笑了,老程突然就笑了,老程真的觉得很好笑,因为上大学时他唯一头疼的科目就是古汉语,每次考古汉语他不是

发烧就是感冒再不就拉肚子或呕吐,最后毕业考还是抄同桌那个对他有点儿意思的水灵灵的叫老头子的小姑娘才勉强蒙混过关的。

报纸杂志电台电视台的人是来采访的,说老翟老程他们的文章中有许多古老的典故都是新发现,而且所有的语言和文字也带着大量史前时期的痕迹,甚至无法破译。最后,他们还给老翟老程老静一个美妙的称谓——当代活化石。

是火化石吧?老程还是不能不笑。

老翟老程老静都沉默了。

当老程把这个梦讲出来时,老翟老程老静都不约而同地沉默了。

然后,老静说:"咱们回城吧。"

有时候,女人就是比男人有勇气。

C

回城第二天就有人介绍老静到一家学校当钢琴老师。

当老师教钢琴本来没有什么特别的,但当老静去报到时才知道,这是一所聋哑学校。

聋人当然听不到声音,而哑巴一般也同时是聋人,也听不到声音。

老静说教室里静极了，聋哑学生耳朵听不见声音，但他们的四肢也轻举轻放，好像生怕不小心弄出点儿声响被自己听到一样。

没有声音，因采光不太好而略显昏暗的教室里，老静面对的是一排排响亮的眼睛。

老静说那是一面巨大的不可丈量的反光玻璃墙，是大海，是能听见浪潮击打阳光和银针落地的大海。耳朵听不见声音但是轰鸣，心被冲撞得震天动地。

老静走进教室，学生们都站起来，没有声音，像一片安静的草原。

一种从未有过的压力，铺天盖地席卷而来，老静仿佛听到葡萄碰撞时发出震耳欲聋的爆炸声。

老静说她当时的的确确是死了，或者是比死更难以形容。她不仅没了身体，也没了灵魂，只是下意识地想逃走。

老静没有逃，只要给她几秒钟时间，她就能战胜一切。现在，她战胜了自己。

老静的眼睛里排列了几十双明亮的眼睛，它们真诚、善良、求知若渴，老静感到了一种从未有过的纯洁。从未有过，老静说，那种纯洁是真空的，在真空中你会有一种负罪感。老静没有罪，但老静有了一种负罪的感觉，因为她曾经想逃走，也许就是这个一闪即逝的念头，让老静有了负罪感。

老静微笑，在老静想大哭一场暴风雨就要来临的时候，老静灿然微笑。

老翟说，如果这世界上还有什么东西能够称得上是完美或接近完美的，那就是老静的微笑了。那是一种无根有须无头无翼的漂浮物，不会降落，永远飞翔，让你愉悦、欢畅、超然物外，那种永恒的影响力，会让你在瞬间感悟到生命的辉煌和美丽。

老静微笑，学生们浮雕一样的面孔松动了，像动画片，青山绿水白云红日。

他们喜欢我，老静说，我几乎不用看也感觉得到，他们甚至像情人般倾慕我。

见过老静而不被她的美丽所倾倒的人，至今没有，就连街上那个弱智的老黄每次见到老静，都会手舞足蹈跳个不停。见过老静微笑而不被感动的人，相信连神话传说中也没有，老静家隔壁的哈巴狗老亨特，一见老静微笑就摇头摆尾。老程说，老静是吉祥物。

老静很感动，她在钢琴前坐下，打开琴盖，纤纤玉指就搭在牙齿般的键盘上。老静依然微笑，微笑时露出的雪样的牙齿，像键盘一样整齐而有节奏。

手像梨花飞舞，手指像风一样刮过键盘，敲响赞美生命的旋律。

老静说，我好像不是在弹肖邦、弹李斯特、弹格拉祖诺夫、

弹拉威尔、弹德彪西、弹斯特拉文斯基，而是在演奏理想、演奏生命、演奏友谊和爱情、演奏纯真、演奏善良、演奏一切美好和幸福，我的灵魂已经出窍，肉身飘飞摇曳在热情的天空中。

当我弹完一首曲子，回望我的学生，老静说，我真的流泪了，因为我的学生们已泪流满面。他们完全不是木偶，他们红红的脸上是汗与泪的雨水，他们眼睛闪烁像晴朗的夜空，那里包容着数不清说不尽的陶醉和理解和感激和爱。我相信他们一定比很多耳聪的人，更多地欣赏了大师和我，我毫不怀疑他们对音乐和声音的美妙想象和鉴赏力。

老静是个十分成熟的女孩，但她的天真却能感动所有人，她的天真如梦如幻，是这个世界上已很少见到的天真，是一种奇迹。

聋哑人是纯洁的，他们不胡说八道，也听不到别人胡说八道，他们的纯洁在这个不讲道理的世界上，也是一种奇迹。

D

太阳很大，天也很热，而老翟想——出太阳也不一定就怎么样，但是人们看到太阳，心中会升起一种温暖的感觉。

老翟是冬天的感觉，冬天也不一定就冷，老翟没有季节感。

老静说，老翟是头通灵的猪，浑身上下像有无数双手，可

以随手抓住稍纵即逝的东西。（还真是头价值不菲的猪呢！）

老翟说那手也抱了你，像抱一头母猪。

老静此时就坐在老翟身边，她的脸上有一片阳光。

老静是晒不黑的。

——再给她两个太阳也晒不黑，老程说。

——她即使光着身子在月光下游泳也晒不黑，老翟说。

老静是人间美丑的参照，也是一种界定，因为没有人比老静更美了。能超越这种美的或许是神仙，但不可能是人。人甚至已无法想象比老静更美的人了。于是老静的美也就自然地成为人类的悲哀，因为有了老静，这世界上也就再没有其他的美人儿了。老静拥有完美的微笑和许多虽不完美却极其动人的东西。

老翟说，还记得《去年在马里昂巴德》吗？

记得。

你能再给我讲一遍结局吗？

不能。

我知道你不能。

因为没有，因为你知道我们仍然被围困。

等待戈多。

戈多不会来。

那我们走。

去哪儿?

山里。叫上老程。

什么时候?

大学毕业。

为什么还要等?

那是一个完整的过程,是一种不可颠倒的秩序。

去干什么?

生活。

老静一副随遇而安的样子。

老静脸上那片干净的阳光悠闲自得,随树叶舞动而蹁跹。

E

老程的朋友老申是作曲家,作曲家是自封的,但老申写的歌有很多人唱却是真的,而且的确他的名声在日渐抬高。老申不愿意被别人吹捧成作曲家,所以就自己封了自己,这没有什么错,而且很前卫。

老申的腿不太好,是那种一腿长一腿短的不太好。他做过一次手术,手术后那条本来短一些的腿又长出一截。他没有愤怒,认命了。在做完手术恢复健康的一段时间里,他开始自学作曲。

老申说，我是个跛子，但却是拜伦那样的跛子。

他善跑跳，踢足球，会游泳，甚至拳击武术也行。他活得很愉快，他的歌感动了很多人，他自称有上百个如花似玉的女朋友。

见过老申的人都恨自己不是跛子。不是跛子就没有跛子的经历和勇气，没有跛子的经历和勇气，也就没有跛子的智慧和成就。于是，见过老申的人都但愿自己是个跛子，或者将来有机会变成跛子。

老程曾经像个傻瓜似的问老申：你是不是有时也会觉得自己挺不幸的？

老申说，我是个跛子，天生的跛子，我一生下来就被迫思考很多事，而且最终被我想通了，于是我很愉快，这就是我的不幸。而很多人，他们从小到大全须全尾儿，一直到死都学不会思考，他们只知道怨天尤人，所以他们其实生活得很幸福。

老程觉得自己就是老申说的那种幸福的人，因此，他懊恼至极。

F

回城第二天，老程带老申去老翟老静的窝。

老申见到布衣老静的同时，也看到了老静头顶的九莲宝灯。

的确光彩照人,事后老申对他的朋友老严描述老静时说。

老申见老翟老静很亲密的样子就问老静:"你现在是夫人还是小姐?"

"是小姐。"老静说。

老静不恼老申筷子似的直来直去,她一向善恶分明。她知道有些人被很多人称为怪物,她也知道那些被很多人称为怪物的人一般都很不错。

老静说,我们也许不会结婚,但我也不会离开他,因为他也舍不得我。很多结了婚的人彼此厌恶,我们很相爱。

老翟只是笑,笑里包着说不尽的山山水水。

老程说,天上一颗星,地下一个人,他们俩绝对是属于那种一对一的对应关系,因为这世界上也只有他们俩能够彼此容忍,能够相亲相爱,这类似动物界的比翼鸟、鸳鸯什么的。

老申很满意。

老申给朋友们唱自己的歌,他的歌不是用旋律和节奏谱成的,而是用人类共同的情感和语言,是用针扎你的皮肉,用刀子剜你的心,用母亲的手轻抚你的头,用朋友的爱滋润你干涸的灵魂,让你如沐春风。

没有人鼓掌,也没有人叫好,那都是多余的或者技术性的,像画蛇添足,像画龙点睛(画龙点睛是多余的甚至是浪费的,它让好端端的一个东西重归于零),这间屋子里洋溢着真诚和友

好，像新鲜的阳光、空气和草场。

老申感到了，所以老申哭了。老申本是个铁打的汉子，所以朋友们也流泪了。

风，纹丝不动。

老静打开琴盖的瞬间，老申目瞪口呆。

老申从老静的表情里看出了她这一举动的意思，这是他的聪明。

老申不相信。

老静的眼睛在微笑，美如天仙。

老静只听了一遍，就能在钢琴上还原老申所有的歌曲，而且有诗有画，有对老申原作的回答。

手指上下翻飞，像天使在舞蹈。

花儿为什么这样红？

在老申的印象中，只有《见证》中的肖斯塔科维奇有此惊世之才。

老申的脸上有了汗水，老程在一旁窃笑。

老申终于有了一点点自卑。

老程说，这回你相信天外有天了吧？

老静说，他是创造者，我是匠人，有天壤之别。

老申感激地望着老静，嘴里却嘟囔着："这不公平，你几乎是完美无缺的。"

不是，老静说，我是孤儿，我是女人，我还爱上了他。

老静痴痴地看着老翟，像面包看着黄油和果酱，她红红的脸颊渗出汗珠，还蒙上一片灿烂的青桔似的羞涩。

老申点点头，他认为这个理由的确很充分很好，但随即又转而为老翟悲哀了，因为他知道无论谁爱上这样一个女孩或被这样一个女孩爱上都不会很轻松很幸福的，她太出色了，像一则传说，而老翟看上去太平庸太不像么回事儿。

老申错了。

有一种人表面上看很平凡很平庸，但骨子里尽是抓人的绝活儿，所谓海水不可斗量，老翟就是这种人。

看来就算一个十分敏感十分老道十分有智慧的人，一生也难免会犯几次十分低级的错误，而且好像一个人的智商越高，他所犯错误的等级就越低，这大概符合某种平均律。

老程望着老申笑，就像看着自己的老情人。笑是善意的，老程知道老申已知错并相信他再也不会犯类似的错误了。

老申也终于笑了，他看着老翟和老静，目光是温暖的、祝福的。

风扇吹翻了老静的短裙，老程嘿嘿地干笑了两声。老程说，这个季节的诱惑离我们越来越近了。

没有邪恶，朋友们干一杯。

G

老翟老静对坐，老翟的腿是盘着的，老静坐在自己脚上。

老翟说，你最近的梦越来越离奇，不要信以为真。

老静说，我最近没有做梦。

老翟说，做梦的人有时的确不愿承认自己做过梦，因为梦很美好，就像醉鬼总是说自己清醒一样，因为他还想喝。

老静说，有些人总认为自己是料事如神的天才，但其实他很笨，就像《狐假虎威》故事里的那只狐狸一样，就像你根本就不是一个挑幌子未卜即知生前身后事的主儿，却非要打残眼睛装薄命的瞎子。看来，聪明人有时也的确不如一个傻子，这世界上聪明反被聪明误的事儿太多了。

老翟说，可你昨天一直睡在床上，睡在我身边，睡了一整天，要是你真的去了聋哑学校我会不知道？

老静说，如果昨天咱们真是睡了一整天，那老程老申他们是什么时候来的呢？难道是咱俩竟同时做了一个相同的梦？

老翟无言以对，他也的确糊涂了，就像宋公明遇九天玄女后手中剩下的枣核。

老翟长叹一声，有时候他甚至觉得老静是个狐仙，因为老静的话是从来驳不倒的。

H

老翟老程回城后找不到工作,因为他们除了那两笔刷子外,就什么也不会干了。报纸杂志出版社一类的地方,早被一大帮闲人占据了,而他们想靠稿费养活自己的想法也落空了——如果你现在还没成名,又没有几个做编辑的朋友,那么即使你写出了惊世之作也没人搭理你,而一堆没人要的废纸墨,又怎么能养活一个有血有肉的大活人呢?于是他们继续盘踞家中,靠父母施舍度日,度日如年。

老翟给老程斟了一杯酒,自己也满上。

酒里乾坤大,壶中日月长。

老程说,现在的编辑以男性居多,他们最愿意扶植提拔那些俊俏明亮的小妞,以后咱们再寄稿时,附一张灿烂女孩儿的明媚玉照,我看一定管用。

老翟说,这他妈好像是个办法,逼良为娼。别看女人比男人少那么一点儿东西,但却起码多一种手段。你看咱们打老静的名儿,用老静的照片儿怎么样?老程说。

她一定不会反对,老翟说,可我心里别扭,不愿意。

天上一轮满月。

老静说,就这么着吧,咱得活啊,靠自己活。再说,如果

文章的刊发率因此很高，那出名的是我，这不挺好？

老翟想哭。

老翟知道这世界上像老静这样的女孩，只有一个。

菩萨不止一个，老静只有一个。

老静说，以后你们的稿子也由我来抄吧，省得你们那两笔残山剩水的字露了馅儿。

上了贼船，就得比贼还贼。

I

老翟是在学校钢琴教室里认识老静的。

老翟说，你能弹一支肖邦或李斯特给我听吗？没别的意思，我只想听听，听你弹。

老静说不能。

说不能时，老静已经开始喜欢老翟了。

有时根本就不需要过程，过程是一种浪费。

老静可以为朋友和爱人做任何事，但却从不为其他人浪费哪怕一点点感情和精力。对她而言，无论弹琴唱歌还是煮饭炒菜，都和献身是一样的。

他们就这么相识，这么相爱了，简单得像铁锅里被炒在一起的西红柿和鸡蛋。

老静说，认识老翟是机缘，如果没有这机缘，就永远没有了。他可能会爱上别的人，别人也会爱我，他会接受别人的爱，而我不会。对我来说，这次机缘是唯一的。

老翟说，老静是这样的。

J

老程给老翟老静讲过老严的故事，老严是老申的一个朋友。

老严个子不高，其实是很矮，矮到别人都叫他"侏儒"，他自己也叫自己"侏儒"。

老严厚道、精明，他能理解所有人所干的一切事（这种理解有时甚至是领悟），他也能算计到于己有利有弊的任何事（这种算计都在毫厘之间），老申甚至认为他的脑容量堪比屠格涅夫（据报载屠氏的脑容量居世界名人之首）。

老申曾对老严说——

你明不明白，巨人酒家让你做大堂经理，是想利用你的样貌招徕顾客，他们拿你当幌子，所以付给你三倍于人的工资，这其实是一种污辱，是对你人格的亵渎。

老严笑了（老严像水一样，柔软、充满、从不间断），说——

老板总是让我们酒家最漂亮的姑娘站在门口迎宾当领位，这也是拿她们当幌子，但这似乎对她们的美貌丝毫无损，对她

们的尊严也丝毫无损,她们反而高兴甚至快乐,因为只有被派到门口迎宾当领位的姑娘,才被认为是最漂亮的姑娘,这是她们的价值,是对美的赞扬。我也一样,我拿三倍于别人的工资因为我值,仅从体力上说,别人走一步,我要走三步,我的劳动强度是别人的三倍,这不是很合理吗?

老申因此很佩服老严,而老翟老静老程也认为老严很了不起。

我们正常人,所谓的正常人其实比残疾人——所谓的残疾人——在思想上有着更大的残疾。也许由于我们四肢俱全,所以头脑一定有问题,这是上帝的公平。

K

回城第二天,老翟老程老静去一座古寺参禅。参禅是一种说法,一种很模糊但又很说得过去的说法。

寺离城很远,也没有什么名气,但他们的朋友老贾却极力推荐,说它绝对是一个佛门圣地,根底清静,禅意幽深。

听朋友的话才会有朋友,朋友其实就是互相倾诉倾听的那一伙人。

三个人踏入禅堂,天已黄昏。

老翟在遇见老静之前写过这样的句子:"黄昏时刻爱情的

风／把每一张面孔吹得苍老／而我更苍老／比黄昏／比黄昏时刻白头发的风。"

老翟遇见老静后改过李义山的诗:"愿有夕阳无限好,日日伴我咏黄昏。"

老僧闭目团坐,零散的阳光透过窗棂,灰烬般点播在他的眉心和双颊,膝盖和双手。听见有人入来,他没有张目,只是从合拢的唇间,吹送出一串和谐委婉的音节,如吟如诵,顺水推舟:"……???!!!……"像大地生根,大河奔流。

老静说:"可否请大师指点?"

僧:"可自问佛。"

老静说:"我们都是凡人,无从聆听佛语禅音。"

僧张目,宽垂松软的眼皮向上撩起,像拉开一道卷帘门。当他的松弛目光照耀老静时,瞳孔紧缩精芒大盛。

僧双手合十:"仙女临凡,玉树临风。"

老静微笑,满堂生辉。

老静的美出神入化,老静的人恍若天仙,老静清丽的仪态颠倒众生,让僧俗两道赏心悦目。

老静的美是天上的美,老静的人却是肉骨凡胎,凡人之美一样可以惊天地泣鬼神,因为美是一种发现的过程。

其实老静的美也是一种修为,它没有丝毫的装饰和造作,浑若天然,所以感人至深。

L

老翟老程老静的朋友老贾看不到阳光也看不到小桥流水人家，看不到飞禽走兽也看不到老翟老程老静。他是盲人，也被人称作"瞎子"。

老贾看不到东西是天生的，他从未用眼睛看过一瞬世界，但他心里的世界一样五光十色。老程说，老贾的世界才是真正的神话。

老贾说，你们说的红太阳一定没有我心中的红太阳美好，因为你们几乎每天都能看到它，看多了的东西一定不美，即使它曾经美过。我看不见它，我也不知道看东西是什么感觉，我不知道你们说的红颜色怎样，太阳又怎样，但我心中有一轮红日，很美，会唱歌，声音嘹亮。

老贾说，我也能感到老静的美，她真是太美了，美的东西本来就不用目光也能感知。

老贾说，咱们其实根本就不是生活在一个世界里，我世界里的东西你们没有，就像你们经常提到但也没有见过的外星人一样，我们彼此的世界在我们彼此的印象里都是虚构的。你们吃的东西喝的东西用的东西阅读的东西都被你们按你们的思维命名了，甚至是所有的词汇，我只不过是借用这些"现成"的

符号与你们交谈罢了,其实在心里,我们之间对这些符号的应用天差地别,比如你们说吃馒头,我吃馒头的过程可能是被你们称为画画的行为;你们排粪便,我排粪便的过程可能是你们游山玩水或者写作或者祈祷或者唱歌或者什么什么的。所以,我们其实在根本上就不一样。

老贾说,我们是朋友,但在我的世界里,你们可能是我的花朵我的江河我的天空中高高飞翔的鸟。

老翟老程老静想,如果谁有老贾的思维,除了老贾,那他一定是个奇才;如果谁能站在老贾颠倒黑白的世界里冥想,那一定十分有趣。

老翟想写一部书,一部华丽而流畅的书,但要配上厚厚的字典,因为这部书里的每一个词汇都与我们"正常人"的"正常理解"不同,翻阅字典后才发现,原来这部书写得完全是另外一回事。

M

还有老王,老王永远直不起腰,被人称作"驼子",或者"驼背"、"罗锅"。老王说:"你们正常人走路都挨过绊或摔过跟头,而我没有,我永远都在看着脚下的路。"

还有老侯,老侯是个妓女。老侯说:"现在出卖灵魂比出卖

肉体简单且容易得多,人们为了芝麻大的利益可以转让西瓜大的良心,而让他出卖身体,他可能舍不得,他可能不够勇气,他可能犹抱琵琶半遮面。"还有老赵老钱老孙和老李,和其他的老先生老太太……

N

回城第二天,老翟老程老静想,我们曾经进过山吗?

从前有座山,山里有座庙……

朋友的一封信

你肯定知道有一种绿绸子,纹光黯淡,里面什么也没有。有一种盾牌,表象拥挤,质地柔软。如果你真的不知道,也别问我,我根本不想回答。有一种光线,在阳光里就化为乌有。建议你煮一锅水,喝掉后煮一包方便面,看看会怎样?你准知道有些人天生就只会微笑,那微笑暖融融像长冬过尽的第一缕和煦春风。吕强的母亲住院了,可能是胃癌,怪可怜的。如果死亡了就不再痛苦,那别的所有的一切也不再有意义。当然,你也许还知道什么地方的柿子树结最大的柿子,有时候梨就是不甜。你可以在大街上向每一个路过你的人说疯话,或者狂追疾驰的公共汽车撒尿(那车上有一群漂亮姑娘向你眨眼睛),随地吐痰,花五毛钱买一张瘦小的罚款单,总算没白跑。肚子饿

了就再没有买烧饼的钱。你去过九寨沟，九寨沟真的美吗？还有那个咱们谁也没见过的小姑娘。你当然可以一支接一支地抽烟，也可以在听到两个人接吻后生命总有一刻黯淡的传说而停止接吻，可是你不能禁止别人制造格言，有人说生命之树是绿色儿的。我没有指责你的意思，我只是看不惯你的长相，他们都说你凶恶，而我觉得你过于慈祥，像我妈，像我妹妹刚出生时的屁股蛋儿。你老向我吹嘘并讲解你的真诚，真诚是能说的吗？再说真诚有什么用，它也没能让我穿上丝绸的衣裳。我不爱戴帽子是我的事（我们这些年的绿帽子戴得还少吗？），而你尽管穿你的老羊皮袄（牛皮不结实了，牛皮如今一吹就破，穿羊皮袄说明你有远见）。吃饭时尽量用公勺（这年头病的种类太多，而病大多从口入），要少说话（噎死人的事情是经常发生的，虽然有些人重于泰山，还有些人轻于鸿毛），也别把你的筷子老伸到我面前来，我会恶心的。

　　昨天上哲学课，系主任坐在我身旁，他那张丑恶而天真的恶之花的面孔严重地摧残了我的心灵，而他肥硕的脑袋让爱喝酒的男生想起猪头肉。也许我忘记给你讲坐在我后面的那个骨瘦如柴的女孩了，她总在笑，老师说别笑了，她还是没法不笑，老师说你出去笑，她就笑着出去了，楼道里还能听到她的笑声。现在好了，我们可以到大街上任何一家廉价的饭馆去喝一顿酒，既不必听春雨，也无须卖杏花，还可以在深秋落叶的晚上走进

没有雕像的街心公园，让路灯晒黑我们的脸，并遥想马雅可夫斯基浪诗的表情，和维索斯基的音乐。我们别再谈那些资产阶级文人的小说和电影，别再谈女人和烟草，也别再为我们的友情危机而烦恼，我们可以像比我们大的那些诸如老三届老四届老五届的男人那样站着，肩膀靠在一起。如果你不是长得那么高，就可以和我一样了，这当然是你的错，也是你父母的错。在拥挤的长途汽车里，我看到你缩手缩脚伸展不开的困窘样子，真为你难过。而你居然睡得很香，嘴边流着口水，脸上漾着笑纹，可悲，可耻。我也得去睡一会儿了，唯有睡过去的时候是真正幸福的、理想的、温暖的、美丽的、自尊的、一切好的词汇的。我也时常会想起咱们一起去的那个地方，草原空荡而放浪，硕大的风像一群狼。我压根就不赞成你去追逐那个粗野的牧羊女，虽然她的确高大漂亮而且矫健。她的脖子很短，脚腕有力。那天早晨，日出东方，我从山坡上下来，看到她面向羊圈直立着撒尿，我就知道你会失败的。那壮观美好的场面感人至深，我猛吸一口草原，再把前一天夜晚最浓厚最沉重的一个哈欠打出去。你果然失败了，脸上却带着阿Q的笑容，还嘲笑我泡的妞儿。你不懂，甚至连幽默你也不懂，你依然向我表白你的真诚，而我的虚伪也对你毫无损伤，也没能使你一丝不挂。也许我的确是太怕冷，过早地穿上毛衣像穿上镣铐，在地铁闷热的蒸笼里熬煎，而离我七八米的那个灰夹克姑娘十分顺眼，让我想起

贝亚德，我就用目光纠缠她，她不理睬我。

　　下车后，我悲哀地快跑上地面，人很多，让我忆起那个叫包头的城市，大街笔直，行人稀疏，咱们几次吃了西瓜逃账都被抓住，这我不怪你，只怨卖瓜人鼠目寸光。但你却绝不会想到要去吃老鼠的，尽管开玩笑时我总说你吃过苍蝇，其实你没有这个勇气。在我的老家广东，有一道很有名的菜，叫"三叫一红"，老鼠是主角。那地方热，毒性小，女孩子夏天晚上出门就只穿一件小背心，露着肩膀让人瞧。肩膀不黑反而很白，像月亮，但看多了也就很平常，像地上的月光了。当然，最好的月亮和月光是我们一起看见的，在鄂尔多斯的鄂托克旗，那月亮红红的，还毛茸茸像雏太阳，激动得我们想跳舞，想一辈子留在高原上。扯淡，想留下来的其实是你，我可忍受不了这里的空旷和沉寂，只想最快地返回都市，扑向人类的大群，过我的幸福生活。但是我也热爱这里的黄昏和夜晚，太阳落下，地平线收拢成圆圈，我们站在圆心，站在大地的中央。星星那么多，在天上，在我们周围，银河像一条冻僵的大冰河。可是我不能忍受这冗长得像赤道的夜，我想我妈。我也不相信你因为喜欢骑马就能留下来，都市生活强劲的感召力，会把你的那一点浪漫和低级的布尔乔亚情绪风吹火灭。还是现实点儿，回到广告钢铁的臃肿老妇腋下吧，她把我们训练成没有人味儿的畜生，但我们还是愿意听她摆布受她折磨，因为她给我们酒，给

我们烟，还有明亮的卧室和咖啡厅，坚挺的纸币柔软的女人。哎，你别走神，继续听我讲。你抽的什么烟？大九？不，当然是长乐。你不是告诉我日本把长乐都退回来了吗，说因为抽完长乐日本人的性欲普遍降低了，那你为什么还要抽呢？也许你从中找到了某种抑制犯罪的良方？不，我这不是在教训你，我只是发自己的牢骚，你要不想听，我说点儿别的。你不是想召集所有跟我有过一腿的女孩开个会吗？我答应你，我把我最响亮的哨子也送给你，但你会徒劳无功的，因为那些女孩的脾气都不好，而且她们不喜欢你这种过于夸张的人。你要再觉得无聊，就去找个拳击手练练，他们会把你打得落花流水。我这不是恨你，听着窗外的风我就没有一丝狭隘的感情了，我想帮你。你大概不愿承认自己有强烈的嫉妒心吧？你有，那天你就嫉妒我了，因为我和一个你认识的女孩讲了太多的话，你当时的表现让我真想怜悯你。但是你比我年纪小，我出生后两年都还看不到你，我原谅你了，我从不原谅谁，我原谅你是因为有时你也像条真正的汉子。

  我们还有很多共同的经历。在恒山，我那不争气的腿几乎报废，你帮我背包，让我活下来，我不会忘。怎么净说些令人沮丧的事？事实是我们也缺乏快乐，或许我们一路上的那些偷盗行为还算尽兴。当然，我们都不是什么正经的小偷，但我们却是十足的骗子，可生活太丑恶，让我们怎么办？又要打断

了，我前面说的那个神经质女孩又在用手挠头，弄得我后背阴麻麻不是滋味儿，这感觉有些像我们坐车从东胜到乌兰。那天天空旷远蔚蓝，太阳和月亮一样高，神奇的湖泊旁有精瘦的老马，满地灌木像拉丁美洲。在拉丁美洲的野牛皮上，有一个叫智利的国家，像斜斜一刀从大腿上切下来的肉。智利有个大诗人，叫聂鲁达，胡子像草原。我崇拜聂鲁达，主要是崇拜他的胡子。那天我看见你在刮胡子，差点儿把我气乐了，你那哪儿叫胡子呀，年轻的唇上甚至连汗毛都很少，但你也要开启电动剃须刀，你要自己完全像个男人。是男人就不该用烟头去烫地上的蚂蚁，我只是伤心时才这么做，但其实我和你一样，我们都卑鄙。在大同老爷庙饭馆，我们共同感动于那个虔诚的服务员，她美丽、羞怯，敞开的领口露出处子纯洁的胸脯。我们找她的麻烦，我们来回更换美味的佳肴，但其实我们都不想伤害她。当我们离开，她带领所有服务员站到门口，脸上惘然若失，我真想回去向她道歉，我真想一刀砍死你再自杀而我没有，我拍着牛仔裤上的灰土，搓着肮脏的手走了。

在车上我总能面对她，面对她我说不出话。她仍然穿着她在这个季节里的红色衣裳，飘扬着更加辉煌的瘦发。放屁，我没追过她，我供着她已使她骄傲，已使她像个神了。上课时，连学习最好的戴黄发卡的女孩，嘴里也嚼着泡泡糖。下课后，我为找一支火柴点烟要跑到厕所去，这哪儿是人过的日子啊！

我们说好了一起长眠,不再招蜂惹蝶,但我们心底的欲望却越来越强大,它会把我们整垮,它会把我们的理智像碾臭虫一样统统碾死。精读老头依旧喋喋不休,那几个不碍事却碍眼的同学又想起搞什么智力竞赛,见鬼吧,我没有智商,是白痴。白痴你懂不懂?白痴就是那些把灵芝当蘑菇,把小鸡当凤凰的家伙。坏了,我又憋不住尿了,赶紧举手让老师放我出去。我这人天生不出汗,就爱上厕所,还爱说下流话,骂漂亮的脏东西。对了,你知道我为什么选择今天给你写信吗?因为今天和别的许多日子一样,是普普通通的一天,太阳好得看不见。早上出门,踩在什么上,幸好没滑倒,却小了一天心。

现在也还没夜深人静,还没有人的呼噜响起来,我坐在我那盏烧破了帽墙的台灯下,桌上有酸奶、咖啡和一条恶臭的香蕉。你不要挑剔我的用词,也不要疑惑我的时间,那些性感的杂物都交陈在我混乱的心中,它们因为自然,所以永恒而准确。我喜欢争吵,我喜欢争吵后的安静。但你不行,你不够强壮,而且几乎虚弱得令人难以忍受。在佳县,在窑洞垒成的克里姆林宫面前,你竟吐了一吨的清水,把青春和生命也差点儿吐没了。你就是这么一个东西,到处让人扫兴,就像云冈石窟里那些残缺冷漠的大佛,只给人以庞大体积的感受。

好了,烦了,我不想再说你了,我不想再跟你说了。

我爱你!

群的雨季

在车厢连接处,老屋点着烟后才笑了一下。

群也笑了。

军人也笑了。

他们就这么笑着聊天儿。

后来,热了,军人把身后的玻璃窗升上去。

火车突然间停了,打着晃儿,洗脸池里渗不下去的水溅出来,湿了军人屁股。

军人不好意思地使劲儿笑一下,从书包里拿出一张平展的信纸盖上去,纸很快洇了。这是第七张。

群又笑。

老屋也笑。

车开了，老屋截住梳小辫儿的列车员聊天儿，还陪她去验票，拖地，打开水。

到站，老屋和群下车，车费省了。

天黑得还不透，小站上的景物被一只很大瓦数的灯泡罩在刺眼的光明里。

老屋让群看着包，自己跑到新盖的砖房厕所撒一泡憋了很久的尿。他对厕所的卫生条件表示满意，小站，想不到，就有意无意地多耽搁了会儿。

群已经被拉客的老乡包围。

"住我那儿吧。"一个头上包着花格围巾像媒婆的老太太说。

"多少钱？"群问，不知为什么她觉得有趣。

"一人两块。"

"我们俩住一间，一共给你两块。"老屋说。

老太太刚一争，老屋马上把脸转向其他人，老太太赶紧同意了。

包围的人一哄而散去形成另外的包围圈。

老太太看着老，走起路"唰唰"的，胳膊腿儿利索得像姑娘，还是山里那种能上山砍柴下河摸鱼的姑娘。

卸下包，老屋和群上街吃饭，他们从中午饿到现在，快晕了。

这是新开发的旅游点，街上饭铺多。

他们选择了一家比较偏僻没有大声播放流行歌曲的小店，里面没有顾客。

"一斤米饭，两瓶啤酒，炒俩一块钱左右的荤菜，多加盐。"

群掏出烟，给老屋一支，自己也点上。

外面开始下雨，声音清亮。

"冷吗？"老屋问。

群摇头，她漆黑如夜的长发上，黏了一只翅膀明亮的草蚊。

老屋替她拈了去。

"轰隆隆"（感觉是这种动静），两对男女跑进饭馆，碎嘴的搅起一片喧声。

老屋皱眉。

四个人长得都不错，也高大，其中一个男的和一个女的特别漂亮，但显然他们不是一对儿。

老屋和群面对面吸烟，不看来人。

西部片儿。

人在特定场合，很容易有侠客的感觉。

一个女的大声问："这儿有外烟吗？"

店主轻声说没有。

一个男的大声说："这儿怎么可能有外烟，琳达你开什么玩笑。"

老屋转一下头就看见那个叫琳达的漂亮女郎手持"绿摩尔"

眼睛正望向他们。

老屋就笑笑，没恶意也没好感的。

"像是模特儿。"老屋说。

群也抬头看，吸一口烟。

"大杨，你点菜吧。"

"有什么好菜啊？"

群把酒杯里的酒倒给老屋："不想喝了。"

一个男的打开风扇，老屋马上去关了："对不起，我们冷。"

那男的待在那儿，眼睛鼓出来。

老屋笑了，然后又笑一下，很江湖，很汉子。群也笑了，笑得很媚，很春风。

那个叫琳达的姑娘说："算了麦克，也不太热。"她的眼睛很亮很大很长。

老屋伸出手臂把群的头搂过来，隔着桌子，碰了碰脸，群微笑着眯了眼，儿童似的。

那四个人说话声小了，有时就根本听不到什么声音。

群又点支烟，往自己杯里重新倒满酒。

"珍妮，你的事儿办得怎么样了？"

"就等签证了。"

"什么时候走？"

"顺利的话也要年底。"

老屋和群站起来,群的脸红得非常好看。

他们走过两个浓妆艳抹的女人,走过两个喷香水的男人,走进雨里,一步,深的,一步,浅的,不急不忙。

回到老乡家,点了蜡烛,爬上炕,炕很大,睡十个人有富余。蜷了腿,他们肩膀靠在一起。

雷有很多打,电也闪着花儿。

"这儿的山好像不错。"

"你怎么知道。"

"感觉。"

"什么样儿?"

"绿绿的,凉的,滑着人呢。"

"你干吗和梁子吹?"

"他现在特肉,而且有病。"

"你不懂他。"

"我懂。"

"你先睡吧,我去撒泡尿。"

老屋跳下炕,房门清脆地响一下。

雨暂停了,户外凉爽,老屋光着身子,脊背有点儿凉。山里温差大,室内室外温差也大。

车站上依然明烛高烧,把院子里的香椿树照得赤裸金黄。

老屋摘了两片叶子。

在猪圈里撒尿时，老屋冻得抖起来。

远处依稀有人畜声。

回到屋里，群还坐着，老屋把一片香椿叶递给她，自己也嚼着，香味儿纯正。

"魏红怎么样？"

"还好吧。"

"乌鸦呢？"

"好久没联系了。"

"你跟魏红真没事儿？"

"没事儿。只是，我挺想乌鸦的。"

雨又下了，一部内参片里的王子说——雨像少女的舞蹈。

闪电。老屋发现床上有七八床被子和七八只枕头，多是红和绿，蝴蝶和孔雀的。

老屋从地质包里摸出手电，下床在小凳上拿了两支烟。

老屋把两支烟同时点燃，递一支给群。

抽了一半儿，老屋便灭了火，搂一下群的肩膀："我睡了。"然后翻滚到炕的另一侧，把半支烟压在枕头下，面向玻璃窗，打了呼噜。

群依旧坐着，她在想梁子。

群猛吸一口烟,扩大的火光照亮她的双腿。

群躺下,双手交叉在腹部,盖了被子。

早上,天阴,雨不下了,老屋醒时,群已经洗完脸,很风光地站在院儿里做健美操。

老太太送来两个粽子,高粱和小米混合的,不甜不黏,很难吃。

吃过粽子,他们穿着雨衣去到村口的小桥上坐了。

太阳很快出来,好像天从未阴过。

过桥的人多起来,多是学生,玩山的。

那四个人也走过来。

琳达和老屋点点头,又向群笑一下:"你们不进山?"

"我们有点儿累,就坐在这儿看进山的人挺好。"

四个人走过去,群笑得特别甜。

"咱们到河滩上照相去吧。"

河滩上好多石子儿,绿草也不少,远远望去潮乎乎一片,山脚下,两匹光一样的白马,在黑色山峰的背景前,异常醒目。

"你想怎么照?"

"随便。"

"那好,你就瞎玩儿,我就瞎照了。"

挽起裤腿蹚进水里,水凉刺骨,群白皙的小腿肚闪烁光芒。

群在笑。一群一群的笑,微笑,痴笑,呆笑,浪笑,破口笑,闭上一只眼笑。

群和老屋坐在河沿儿上,群喝干水壶里的水。
"你们杂志还出吗?"
"狗子和班柯的稿子早就有了,但吕强去甘肃了,方华要出国,梁子不给稿子。"
"你们就这么做朋友啊?"
"我们这样不好吗?"
"这样做不伤感情吗?"
老屋没说话,他觉得屁股底下的石头有点儿硌。
"念一首你新写的诗吧。"
"没写什么像样儿的,最近脑子里一直很空。"
"随便一首,你不满意的也行。"
"好吧,背一首残诗吧。"
老屋背诵。

> 你的白色的花朵什么时候开放
> 你的忧郁的眼睛什么时候充满泪水
> 你的年迈的母亲在她离去时将会呼喊谁的名字
> 你的从未擦拭的窗台会不会在这个夏天尘土飞扬

也许我仍然能够在晴雨的早晨和你相见
在都市的公路桥上
也许我仍然会在每天拥挤的地铁列车里
看到你褴褛的衣裳
也许舞会的灯光还会把你姑娘似的面庞
映得魔鬼一样
也许你最小的妹妹会涂红她娃娃的嘴唇
陪你去流浪

我真想帮你把那间没有衣柜的房子收拾整齐
我真想把你过去的女友找来唱着爱情歌曲领她到你身旁
我真想能在你痛苦和仇恨的时候变成花朵给你芳香
我真想你能在失去生活热情的时候找到我住进我的船舱……"

"完了?"
"没完,对,完了。"
"你是写给梁子的?"

"算是吧。"

群不再看老屋,双眼迷茫地望远处山峦。

"梁子有很多故事,他不说给别人听,"群像是自言自语,雨又悄悄地下着了,"他编很多故事,而且他相信了,他过得不好,他不想别人打搅他,他只想一个人去自己想象的地方。那地方不是很美,但也有山有水,他可以游泳,也可以打猎。他有点儿喜欢我,因为我不太妨碍他,但他不真正要我。"

老屋不说话,他的感觉一下子没有了。

"你喜欢老王八的小说吗?"群接着说,"梁子特喜欢,他几乎是中了老王八的毒。老王八是个混蛋,他总把恋爱写得很玄,好像没有,其实这东西简单得很,不过就是两个人或者几个人的事儿呗。"

老屋有点儿傻了。

老屋抓起一把石子揉着,像在寻找某种攀登的感觉。

黄昏,雨住,夕阳在山,他们的情绪好起来。

要赶火车回城,就先到老乡家拿包。

临走,老屋从枕头下拿出昨晚抽剩的半截香烟,塞进嘴里,点上。

群笑了:"宁丢三亩地,不扔一烟屁。"

车站上已经很多人，站了两三排。

老屋去买了两罐啤酒，和群喝着。

火车来了，本来很秩序的人群乱了，人们蜂拥到车门口，挤着，谁也上不去。

老屋扔了啤酒罐，一跃身蹿上一扇打开的窗子，猫腰爬了进去，又返身将轻巧的群从窗子拉进去。

他占了两排三人座，后来，那四个座儿给了那四个人。

"我们都是开饭馆儿的，"琳达说，"有空欢迎你们来。"

琳达的眼睛真的很漂亮，但在气势上远远输给群。

群冲她笑，笑得她有点儿紧张。

大杨削了苹果给琳达，琳达给群，群道谢后用手一分为二，给了老屋大的。

"你讲点儿什么吧？"群懒得再理他们就对老屋说。

"你热吗？"

"热。干吗？"

"那就讲个冷故事。"

群不在意地笑笑，把双手插进头发。

"一天，医院里出生了一个婴儿，护士发现他的后背不像其他新生儿那样平展光滑，而是有许多褶儿。护士出于好奇，就用手去拨拉那些褶儿，褶儿被一层层打开，露出一排排小眼睛。"

群的皮肤一冷，一紧，头发根儿发麻，说不出的恶心，她

没想到老屋这么下贱,讲这样一个令人作呕的故事。

群把老屋的头抱在怀里,老屋熟睡。

终点站北京站到了。
天完全黑了,路灯里的每一个人都显得苍白。
"我送你回家。"
"不,我去梁子那儿。"
"噢,啊……"老屋感到有点儿异样,心里难过了一下。
群望着老屋突然之间黯淡下来的脸,说:"咱们是朋友。"
老屋看了看群,看了一会儿,脸上笑着:"一直是。"
出站时,他们没能混过去,被罚了款。

葡萄和他过去的情人

想吃馄饨,问女人,她也想,那就去吧。

她在磨蹭,再磨蹭就要下雨了。

她不说话,对着镜子,镜子里的女人比她漂亮。

我看你不如用那种深色的唇膏吧,外面天阴。

我走出门等她,邻居纷纷和我打招呼,很热情地问我吃了吗。

我说没吃,想出去吃馄饨,他们就看着我笑,好像没有馄饨那东西似的。

女人走出来,穿着黑裙子,很时髦。

你的眼睛很好看,但是左边的脸比右边稍稍擦得红了点。

有个驼背老人从我们面前拐进另外一条胡同。

你不冷吗?

吃馄饨会暖起来。

那你没必要穿长筒袜。

她的高跟鞋使她高出我一个半厘米。

天快黑了,路灯还没亮,影影绰绰的人和汽车像电影画面。她挽了我的手,她的手无比细腻而且温暖,而且那温暖还顺着胳膊和脖子爬上胸脯和唇。

我想吻她,她不让。

你说上哪儿吃?

前面那家门口有电线杆子的。

电线杆子上写着"刘明明在此"。

要几两?

侍者显然被她吸引了,她的舒懒态度可口诱人。

还行吧?纯肉的。

她松开背在肩后的长发,她的长发比瀑布好看。

她额上有汗了,亮晶晶的。

走吧。

她不走,又要了啤酒。

我管不了她。

我曾经用精装的硬皮书打过她的脑袋,但她还那样,不听话,有自己一套。我因此更喜欢她,喜欢她这样。

你喝多了。

她把脸伸过来让我亲。

她站起来，侍者走过来望着我。我记得我付过账了。

别忘了您的雨伞。

噢，谢谢。

外面没有下雨，还出星星了，星星总是那么小，比硬币还小，挺没意思的。

她又挽着我的手了，在外人面前她总是跟我很腻，让我舒坦。

我家住十四大街 M 号，她家住 M 大街十四号，我们两家隔一条街。我时常住在她那儿，因为她不愿住我那儿，她说我那儿总有一股没完没了的鱼腥味儿。她从小就睡双人床，因为她睡觉不老实，有时还翻个跟头什么的。

我说，你怎么这么快就喜欢上我了，比我喜欢上你还快，为什么？

你瘦。

我瘦？

还丧！

我抄起海绵枕头抽了她一个大嘴巴。

她笑了，她笑得很粗野，像索菲娅·罗兰。

鹢儿干吗把你或者说把我介绍给我或者你呢？

她还我情。

什么情？

我们曾经同时爱上一个伙子，我让了。

原来我在一桩肮脏的交易里被人卖了。

她去洗澡，然后喷了香水香喷喷地钻进我怀里。

可你哪儿学的这身流气？

我流气吗？我流气你会要我吗？

我无言。

我对她说了很多动情的话，诸如你美丽的眼睛金光灿烂，你的目光绵延漫长地伸向我，我真想走进去做那里面永恒的情人。云云。

而她，无动于衷。

我想也许有件事忘了做，也许是没做完，我问女人，她说好像水还在炉子上，而且没有封火。

她的表情很冷漠也很市侩，好像那房子不是她的。

路灯让我想起手术台，她说。

我知道她从未做过手术，她身上的任何一个部位都完好无损。

也许你想起艾略特了。那个黄昏。

可水一定开了，炉子也一定灭了。

那回家就只有找死了。

我还想吃馄饨。

我也想。

馄饨好像与某种图腾有关。

这我知道，但有一点更重要，就是馄饨比饺子好吃。

我已经没有和她上床的欲望了。

也许今晚注定我们要再吃一次馄饨。

我有点累，但女人精神饱满，吃不着馄饨她会吃了我，吃我的感觉一定不错，我也白皮儿细肉的，像唐僧。来吧。

我得承认她是我所认识的女孩中最迷人的，当然，也许是她最会把自己迷人的一面展现出来。她喝酒，抽烟，看武侠小说，即使是来例假也狂吃冰激凌，她让我感到离了她我将会像一只赤身裸体的大马猴。

她说她也不想失去我，她喜欢我写给她的诗，她只看我的诗。

我挺感动，就说要一辈子为她写情诗。

有时我就抱着她一动不动，十分温柔地坐一夜。

有一次她说，其实蔫儿比咱俩更了解咱俩。

我不知道这话什么意思，但我心里有暖流浮动。

我说跳舞吧。她就钻进我怀里。

我喜欢理查德·克莱德曼的钢琴曲，她说，但我想象他的双手是残废的。

我把脸埋进她如水如夜的长发，她的面颊像煮熟的鸡蛋清，

温润而爽滑。

我的手使劲儿,她更紧地偎住我,她的肉体比乐曲更抒情。

像是个小男孩儿,你赤裸着,消瘦的肩膀还没有完全打开,你的鼻子红而且小,嘴里不停地唱圣歌。

我和蔫儿是八拜之交,据说她奶奶和我爷爷有过一段风流日子,后来我爷爷去台湾卖烧鸡,她奶奶嫁给了本村大户的小儿子。蔫儿说她奶奶至今还在想念我爷爷。可惜我爷爷命浅福薄,早几年就过世了。我和蔫儿从小就非常好,她曾经对我说:"哥,以后我嫁给你好不好?"

"不好,那样的话咱家的人就少了,不如一人再找一个吧。"

那时已很遥远,但是从那时起,我们就真的彼此没有邪念地做起兄妹来。

后来蔫儿跟了吕强,再后来蔫儿退学嫁了四川商人。

女人有个在我看来是女人最不该有的爱好——读书,还有个女人最不该有的理想——当作家。我觉得一个读过很多书的女人比什么都可怕。因为那些牵肠挂肚的文字会使女人更加肤浅轻飘。或许看些琼瑶、三毛之类的还可以,可她床头枕下放的竟全是那些文字一流而指导生活末流的骗人的经典,这种书最容易使人失去方向不辨黑白曲直。

她说,这些都是现在能买到的最好的书,书中有真理。

真理?其实文学是讲性而不讲理的。

她不理我,她仍然在我们的生活中节外生枝地添加一些没有意义也没有趣味的情节。

我说,你成不了作家,再说,咱们家出两个作家多浪费呀。

她说,你成不了作家,咱家得出一个作家。

于是我们掰了,是协议分居,但我们一直彼此挂念。后来她嫁人去了法国,有年圣诞节给我寄了张卡片,说她生了个混血儿,挺好看的。另外,她说,我当作家了。

方华的一天

　　手扶着你的肩膀,你的长发也被我握得那么细密那么芳香,你抬头看我眼睛和面孔和往日一样。
　　那么久没见想都想死了,见了面却平静得树也不摇水也不流喇叭也不响。
　　背了包挤公共汽车,太阳被云遮住风也大了,你就把系在颈间的纱巾围着脸更不见了眉眼。
　　车上人不多空位子却也没有。我们面对着我们身上的工作服和黄上衣感到四周黯淡地发着光。
　　我讲一件事。那事挺有趣因为你眉开眼笑我就也笑了,见你笑就开心开心我就笑了笑出来挺真实。
　　后来,半开的窗把太多的风吹进来我捋起袖子的胳膊有点

儿冷有点儿麻有点儿难过，我就把它放下来不再抓那扶手，那扶手冰凉，你笑了，说今天立夏。

我吃了一惊，但是我信。

想起过去的一些日子，阳春，严冬，和普普通通的太阳光暖照大地。

"还没到站吗？"你问。

然后我们就下了车。你拉着我的手去追一辆很长的黄色汽车，还在最后一排座位的角落坐下靠着肩膀。

喂！

嗯？

我们坐错方向了。

下车。

天已经黑了一半儿，风大得吓人，雨会下吗？才夏天呢！

那冬天呢，工地的碘钨灯也闪烁因为风，你刚刚洗过的长发在风里飘着也在我脸上飘着。

我们讲着什么好像关于月亮关于花朵关于爱情和诗歌。

你微笑着不再说话。

你说话了你问我你微笑的时候什么样，我就说你微笑着像山脉。

也许微笑使你感到轻松所以你微笑微笑着把一切送到天上 / 也许微笑并不使你轻松所以你微笑微笑着好像自己是个

君王／也许微笑使你面目全非而你又喜欢玄奥幽深的生活所以你微笑／也许微笑使你看到另外的人为爱情苦恼为生活惆怅所以你微笑

你微笑着歌唱微笑着哭泣微笑着把花朵插进瓷瓶微笑着把仇恨种在刀上／你微笑着忙碌微笑着叹息微笑着呻吟微笑着赌气微笑着加入送葬的行列

你只能微笑所以你微笑在微笑里接受我接受灵魂接受风和大地海洋和鸥群／你只能微笑所以你微笑在微笑里留住青春留住生命留住这漫长繁荣的世纪

车开的方向是我们要去的方向但我也不知道车还要开多久我们要去的地方到底有多远但一定会到的。

那天我去学校找你。丁香花就开放在路旁，有个背影很像很像你的女孩在打网球，黑发绵长衣裙短小皮肤光滑，我问她认不认识你，她微笑着摇头面容丑陋但是青春，她指给我女生宿舍楼，那楼古老破旧，紫色的泡桐在新漆的绿窗格上摇曳像一片风。

下车的时候我抱紧你，你从来没有过的乖，我说那雨不会下那雨就真的不下。

路变得很长很窄很曲折更长更窄更曲折，路上的人多起来脚步匆匆着提篮挎包拎小孩儿的。

那话也没有了说什么都傻都呆都显得愚蠢，我也不再看你你也不看我，我们的脸迎向风沙。

然后路灯亮了，亮亮地把什么都照了。

没有星月，有了才不好，而我深深怀恋那个有星有月有诗歌和爱情的冬夜，我们走着手不拉肩不靠面孔不相向但步伐一致，那夜很深那风很凉那天空明亮大地芬芳。

后来我去了南方，那里树木长青花朵鲜艳女孩子像夏天一样爽朗多情。

而我没了夏天没了芳草没了彩色裙裾和飘扬的天空，我想你。

屋里潮湿，迎面的窗帘打灭我眼睛。

你哭了，那哭我见过。

扭亮阴暗的台灯天花板上奔跑着肥硕的蜘蛛。

录音机开始播放一支悲伤的乐曲让人恹恹的，墙角那束紫红色绢花像哪个姑娘的脸丑陋异常。

你不认识那些花吗？

花使人愉快。

你喜欢什么花？

花是什么？

我脱掉衣服很快睡着了，睡着的时候好像有什么事情发生其实什么也没发生。

第二天我们都醒得很早。

走上大街时，飘动的风比昨天更加硬朗。

N 肖像

A

上高中后我就不想上大学了。

海明威说：我没有时间上大学。

萨特说：大学生和大学只有一件事可以做，那就是——砸烂大学。

小时候我住在妈妈任教的一所著名大学里，大学里狗很多。

后来，我厌恶大学。

1985年威猛乐队在北京演唱《自由》。

B

那天同学们都去北师大测智商,我没去,我没智商。

C

高考是全世界最烦人的事儿。

我没有充分备考,正常读小说看电影,或者约沈菲去西直门立交桥下喝酸奶。

喝酸奶是那时我最愉快的事儿,因为喝酸奶时沈菲一定在我身边,她总是滔滔不绝讲个没完,给我足够时间观察和欣赏她。

夏天过去得很快,那个我热爱的季节箭一般射远了。

我放弃了H大学英语系。

我把麻秆儿一样的手臂举向天空:我自由了。

D

哪儿有什么自由呀?我还是只囚鸟,只能锁在笼中听,无法林间自在啼。

父亲慈蔼的目光和光秃的头像山一样压迫着我。

我得向母亲要钱花，我得向父亲要房住，我不是拜伦，有千金可散，有车马可辇。

我把自己关在屋里，让歇斯底里的《春之祭》扫射墙壁、书籍和纸张。

我把神经调节到一触即崩的状态。

托朋友买了吉他，我笨拙的手指盲目又麻木地乱点和弦，让那明亮的噪音之流持续萦绕在窗帘和窗框的狭小缝隙间。

我更加消瘦，目光混浊。

E

喜马拉雅的高度没有超过一个人的精神弹度，我渐渐醒来。

太阳又出来。

我去一些大学找中学同学，给喜欢我的人念我的诗和小说，给喜欢我的女孩儿讲我中学时代的冒险经历。我和狗子去外院分院，冒充北岛和顾城。

我和班柯去北大，找同年同月同日生的女孩儿像大海捞针。

F

又是夏季，果实沉甸，叶小钢写了一首《橘子红了》,很好听。

我在爸妈的良言规劝下，上大学了。

G

怎么考的试，考些什么，我不记得了，但口试那天有一张女孩子的瘦削面孔，被我的皮肤深刻感受到了。分班时，当那个肥壮的女老师把我们硬性拆开时，我几乎绝望地想要退学。

后来一想，也好，花开，就让它先自顾自地红艳艳着吧。

老钓鱼的人不觉鱼美，鱼对于他们就是鱼肉，是口舌和胃的感觉，没有目光和心的愉悦。

懂海的人不爱海。

H

她叫 N。

他和沈菲也谈到 N。

I

我向 N 的同班同学打听她，而当她的同学要给我们引见时，我又拒绝了。

我要自己认识她。

我一直用平静的目光看她,看她我十分愉快。

夏天过了,秋和冬也没有了,我从没想过要打破沉默。

她像我的神,神不可侵犯。

我不想和她说话,我怕破坏了一种美。

美不需要声音。

但是——

春天打倒了我。

J

他写了一首诗,《N肖像》。班柯说这首诗让人感到了一个真实的春天。

> 当河流漂满秋天最后的花朵时
> 我看见你,我没有走过去和你相识
>
> 当冬天的风阵阵吹来,大地焦黄
> 我和我的思想站在大树下,渴望阳光
>
> 你穿着你在这个季节里的红色衣裳

超越人群,超越天空,超越北方
在一座你并不知道的城,鸽群飞翔
我赤裸着年轻的身体站在没有青草的大道上

用虔诚的祈祷迎接你的微笑
我像一个流浪的修道士
把贫困像道袍的衣角披在腰间
我没有像骑士那样向你走去

我只是
透过无数只强壮的肩膀向你瞭望
这时候
大地的母体正在缓慢地推出下一个春天

K

一出地铁就看到一辆拥挤的大公共。
我缓慢地向站台移步。
我想起精读老头死板的脸和絮叨的嘴唇。
我没去挤车,虽然挤不上这辆车我肯定迟到,而且星期一,校长一定又站在校门口清点"落后分子"。

车开了，我闭上眼睛。

我睁开眼睛，N走过来。

我没想到这时碰到她，站台上就我们两个人，她也是刚从地下冒出来的。

我望着她，她向我微笑。

我也笑了。

她清秀，瘦削，精神。

"你也没上车？"

"车太挤，我们班一女生上去了，我不想挤，而且我们班的精读老太也在上面，她特烦人。"

我们都讨厌精读老师。

很多年后我想，也许不是老师的错，是精读这门课太烦人了。

"我一直没敢和你说话，怕你烦我。但说实话，刚入学我就挺喜欢你的，你能给我带来运气。"

"瞧你说的。"她大方而有分寸。

L

西蒙娜·德·波伏娃去世时，报上称她是"萨特的终身伴侣"。他们没有结婚，各有各的公寓，各有各的名气。他们一直试图维护的东西是爱情。

爱情限制了人类的交往，人类应该联合起来打倒爱情。

丁螺是个媒婆，为人所憎，人称血吸虫病的中间寄主。

人们喜欢骗过的马，也许因为它代表着某种"中间情感"？

M

我总在寻找她，在人堆儿，在人缝儿，看不到她，我就想回家睡觉。

这是爱情吗？

N

我进楼门，她走出来。

Morning 说："看，你的 N 肖像。"

"小姑娘越来越美了。"

你走出门，迎着干燥的太阳光

我站在楼道潮湿的黑暗里呼吸你的芳香

我想变成一扇巨大的树荫

去覆盖你燃烧汗水的脸庞

我想幻作一只面孔纯净的大鸟

为你煽动山风的翅膀

而你走出门,迎着干燥的太阳光。

O

我进山了,进山前没有见到她。

P

雾灵山是燕山山脉的主峰,是座高大清朗的山,海拔2118米。

零五说,此山因雾而灵秀。

阳光里的雾灵山是一座蓝山。

山是我们这代人的最高向往。

那时候很多女生对男生是否优秀的判断,主要是看他都进过什么山,进过几次山。

Q

从山里回来再见到同学们,恍如隔世。

他们望着我背上巨大的空降包,惊呆了。

我又一次感到,我不属于他们。

我的朋友在外校,永远是。我的朋友们也是。

上了两堂课,没见到 N。

也许她病了,我想。

我掉头又进了山。

我的魂掉在山里,变成山鬼。

R

《美国科学画报》上刊登了一篇关于人类同起源于一位女祖先的文章。

《参考消息》说两伊战争继续深化。

《光明日报》头版称秦又一古墓被发现。

S

日子,风一样飘去,又风一样飘来。

T

口语老师是母亲的中学同学,一直对我很照顾,我也因此原谅了她极不标准的发音,和虽然亲切却非常难看的脸。

她在念一个小故事。

我看到 N 的红裙子从敞开的门口掠过,下面的故事我就一句也听不懂了。

我的目光预备地落在楼道刷着明亮绿漆的墙裙上。

U

那个时候,《麦田守望者》是一本了不起的书,塞林格的一句话,让很多先进青年入了套。

塞林格说:"一个不成熟男子的标志是他敢于为他的事业而英勇地死去,一个成熟男子的标志是他愿意为他的事业而卑贱地活着。"

那个时候,几乎所有有点头脑的男生追女生时都说过这句话。

于是人们不怕失败。

于是我可以继续等待。

我有勇气去死,更有信心活着。

V

N 同班的女生严颜上大课时给他递了张字条:"我认为世界

上的悲剧有两种：一是人的欲望得不到满足时，一是人的欲望得到满足时。"

严颜很得意，还偷笑。

他明白她指什么。

他在字条背面写："悲剧只有一个，我们被迫出生，站在大地上。"

然后他吃掉了她给的一个南方肉粽子。

W

报上说我国电影《黄土地》在波兰上座率极低，还批评说为什么把这样一部糟糕的片子出口。

X

在我决定戒烟戒酒之前，我到学校对面那个98公斤的瑷珲知青开的饭馆喝最后一顿酒，抽完最后一包烟。当我冒着暴雨一样的太阳光走出饭馆，我看见她，白衣红裙。

之后。

大教室里坐满人，午后疲乏，我还是一眼就看到了她。

三堂课我一直在发呆看着她，从侧后。

我的火红的目光照耀在你苍白的脸上

你的瘦发在我斑斓的记忆中飘扬。

我写着,还望着。

其实我根本不知道自己为什么喜欢她,因为我其实根本还不知道她是个什么样的人。

这无关紧要。

爱就是了。

Y

狗子的女友让我和 Morning 不知所措。

也许她太会表演,狗子说:"有时我也只能和她一起演。"

她红红的眼睛潮湿的目光多变的笑容让人惶惑。

"她对我挺有献身精神。"狗子说。

这一点很重要,只有狗子能看到。

好像是这么回事儿——爱情就是一个人摧毁另一个人。

"好像女孩儿中这种献身精神比较普遍。"狗子又开始说绝句了。

用榆树叶儿养的什么蚕?

沙滩上不都是沙子。

Z

想起那年冬天，我的额头依旧冰凉。

那年冬天，我像爱一种水果一样迅速爱上了一个水果般的姑娘，直到我们分手，我才清醒，才明白离开沈菲是多大的一个错误。

那 N 呢？

Za

汉语老师喋喋不休。

"你们学英语的学生大概不知道杨伯竣吧？"

那态度令人恶心。

这可是个知识爆炸的年代啊。

Zb

我有些怕 N，怕惊动了她。

我把握不住她，我觉得她的内心也许异常强悍。

在本质上，我喜欢弱女子。

她有时很坦率，有时又奇怪得可怕，我几乎无法亲近她。

她总向我微笑，但她微笑的含义我不懂。

Zc

上精读课时，不知哪儿来的无名火，我在课桌里点燃了一张口香糖糖纸。谁知位子里废纸太多，着成了大火。

精读老头愤怒极了，将我逐出教室。

我还挺乐。

Zd

我做了一个冗长而疲劳的梦。

我跑进苗族傣族佤族不知什么族的山寨，遍地都是举着火把抓我的人。我奔跑躲藏也还还击着。

大梦醒来，大汗淋漓，胳膊腿儿都累得抬举不起来了。

Ze

刚走到校门口就看见大公共汽车来了，所有人都跑起来，精读老头也跑起来，在后面，我看着他光秃的头顶和一摇一摆的臃肿身躯，突然不恨他了。

这是《背影》的力量。

而我也没有去帮他,而是径直跑上去,超过他。

Zf

虎口拔牙,抢了一张票进音乐厅。

郭文景的《川江叙事》。

那时"四大才子"不可一世。

Zg

上了地铁,我和N坐在同一个座位上,她平静地用裙子盖好双膝。

"你平时唱歌吗?"我随便问。

"唱,也弹钢琴。"她的回答让我吃惊。

我一直无法判断她到底是淑女还是别的什么。

我给她背诵《N肖像》,我发现她根本没听进去。

"你们家有几个孩子?"

"你问这干吗?"她微笑着看我。

那时候见着想追的女生,男生一般都要问这个问题,只要女生没有哥就好办了。

"不干吗,不想说就算了。"

她笑了,还笑得很媚:"就我一个。"

没想到的是——她是北方人。

Zh

N 总在长椿街下车,使我对这个站名产生了兴趣。

据说,明神宗为其母孝定皇太后在此建长椿寺,供九莲菩萨,因而得名。

Zi

新华社北京 6 月 3 日讯:我国华北平原昨天和今天出现了高温天气。据中央气象台介绍,昨天北京气温达 39℃,天津 38℃,河北石家庄 40℃,邢台 39℃,山东济南 38℃。今天,上述地区仍为高温天气。出现这种高温天气,是因为华北平原受暖气团的控制,高空少云,太阳辐射强。6 月上旬华北平原出现这种高温天气是历史同期所少见的。北京自 1915 年有气象资料记录以来只出现过 6 次。

天气炎热,真想钻进水里,翻滚成一条鱼。

今年夏天我要去黄土高原,一定去,否则我就完了。

Zj

他们都说 N 很天真,我不信,她不小了。

我从来不喜欢天真的女孩子,因为在我头脑中,天真与无知是一母双生的。

在我的感觉里,N 经过一些事。我问她,她不说。

她不相信我。

后来我在学校里比较要好的同学老韩对我说,他和 N 好了,N 是初恋。

我瞠目。

后来我想这也许是最好的结局。

Zk

中央电视台在播日本电视连续剧《阿信》。

北京电视台在播墨西哥电视连续剧《诽谤》。

夏天已经更早地从远方归来,北京城热风拥挤人流如潮。

班柯的作文

我是在大学认识小丽的。

小丽比我低一年级,都在中文系。

我不是一个木讷的人,也不出风头。

大三学校戏剧社招人,我去了。

我被现场的气氛惊着了。

一个毕业不久的年轻老师,嘴上绕了一圈胡子,煞有介事地坐在应召学生中间。教室不大,围坐让教室更狭小,还压抑。

教室安静,因为年轻老师的慷慨陈词而特别安静。

蝉噪和鸟鸣。

一堆学生中,我不确定看到过小丽,我甚至没有看清楚任何一张脸。

我感到一捆干柴正被年轻老师跳跃的火种点燃。

后来小丽告诉我,我给她的美好印象是从我推门进来开始的。"你就像一匹怪兽。"小丽说。

年轻老师示意我坐下,我在外围找了张靠窗的椅子。靠窗让我心安,外面的世界离我不远。

年轻老师很有力量,唾沫四溅地讲一些与戏剧有关的事情,大师的名字横冲直撞——布莱希特、斯特林堡、尤金·奥尼尔、贝克特、尤奈斯库、田纳西·威廉斯、阿瑟·米勒、梅耶荷德……完全是知识爆炸的产物,这种知识在当时人人都有,人人获得知识的渠道都是一样的。

年轻老师说:"我知道你们的知识不比老师少,所以我不考你们知识,我想请你们每人讲一个故事,要绘声绘色,逗乐我们或者说哭我们都行。"

接下来的表演让我深受刺激,我没想到想加入戏剧社的都是学校里的滥竽。有的讲英语笑话,讲的不知道是哪国英语;有的学狗叫,但明显并非鸡鸣狗盗之徒;有的趴在地上装一摊狗屎,那真的就是一摊狗屎;还有一个模仿孙道临在《王子复仇记》里的配音,如此隽永的一段哈姆雷特,被丫搞成相声了。我只好走了,像一条狗,灰溜溜地走了。

我想自己组建戏剧社。

我和同宿舍的黄建到团委偷了一张蜡纸,黄建字好,由他

在垫板上刻招聘启事。大意是寻找同好,不要装×的,只要你爱戏剧,高矮胖瘦老弱病残不限,无条件可以来。

我们把招聘启事在楼道食堂水房茅房贴了个遍。

第一个找上门的是小丽。

小丽有一种知识女性的美(这是一种形容,它的确形容了一些人)。

之后,各种歪瓜裂枣挤破了我们宿舍的门。我们呢,毫无选择照单全收,真上不了台的就扮观众,算群演。我给戏剧社起名叫"梅",因为我是梅耶荷德和梅兰芳的忠实走狗,甚至也是梅艳芳的。我们戏剧社迅速壮大成全校最大的文艺团体,"梅戏"走红。

我们排的第一出戏是尤奈斯库的《阿麦迪或脱身术》,我演阿麦迪·布西尼奥尼,小丽演我老婆玛德琳。

排戏的时候我第一次去了小丽的宿舍,几乎每个女生床头都贴着山口百惠的照片,有从画报上剪下来的,有复印的,还有那时很流行的针孔打印。

小丽说:"其实大家贴山口百惠,是为了鼓励自己找到三浦友和。"

《阿麦迪或脱身术》主要是我和小丽的对手戏,花前月下我们一起对台词,慢慢就对上眼儿了。我们都是初恋,很单纯,不知道恋爱从何开始,其间又该做点儿什么。好在还兼这个戏

的召集人和导演，我想方设法添加了一些与小丽有身体接触的环节，一来二去，我们之间的行为亲密自然起来（也别想太多），一起午饭晚饭，一起去图书馆，偶尔看电影和郊游，拉拉手，一天结束前在她宿舍楼前吻别，大概就是我们大学时代恋爱全部有价值的内容了。

大学毕业，我被分配到市重点中学当语文老师，工资少，但也有些零花钱，每周下一次馆子，成了我们恋爱的主要内容。

我离开学校觉得有点儿没着落，每星期的约会基本都是压马路。于是有一天我跟她说："咱们租间房吧。"

她的脸红了。

"租房干什么，又不是没地儿住。"

"爱情得有个窝啊。"

她没反对，我们在离学校不远的筒子楼里租了一间房。

她上大四，功课不多，自从我们有了自己的窝，她基本上就放弃了学校的那张床，而我却因为父母在本地，每天不管跟小丽耗到多晚，都必须回父母家睡觉。

当然，这间租来的房子也发挥了它应有的作用，我们在这里摸索出一些基本生活的技术和技巧，两个人在一起，彼此关照的动作越来越多，越来越娴熟。

小丽勤快，洗衣、做饭、收拾房间是一把好手。晚饭我们

几乎每天一起吃，下半夜我才回父母家，星期天无一例外地泡在一起，已婚的感觉渐渐有了。

毕业分配，由于小丽家已经有两个孩子留在上海，她拿不到留沪指标，被"发配"广州。

那是一个悲惨之夜，小丽和我相拥哭成泪人儿。我从那天起，晚上不再回父母家，天天陪着小丽。

"要不咱都别工作了，攻一年英语，考托福出国吧？"小丽说。

可是出国能干什么呢？两个大学毕业生去刷盘子？（这是当时社会对出国的普遍描述）

后来我说："你先去广州吧，广州不错，离香港近，跟国外差不多。我马上办调动，调令一下我就去广州找你。"

小丽不同意，她边哭边说："你才不会来呢，我不信，我不去。"

我说："你应该了解我，我是想干大事儿的人，海阔凭鱼跃，我离得开上海。何况到了广州，父母鞭长莫及，我们可以天天在一起。"

这是一个她可以接受的理由。

她走前，我们一直缠绵，茶饭懒咽，靠在一起，唱《光阴的故事》和《大约在冬季》。

她走前一天，我们一起去退了房子。她说这房子不能留，要不我会有其他女人的。

生离死别。

站台。有一首歌叫《站台》。

送别。有一首歌叫《送别》。

站台上，她和她父母挥泪告别，我躲在一根粗大的柱子后泪流满面。她一边安抚父母，一边搜寻我，我看得见她绝望的表情。

小丽到广州后，我们每天一个电话，但打的时间都短，一分钟左右，基本上是说完"我爱你""我想你"就挂电话了，因为电话费贵，我们把满怀心声托付鸿雁，锦书频繁。如果有一天没收到她的信，我会疯掉，即使星期天，我也会骑车去学校拿信。

我的调动不顺利，那时单位用人需要指标，卡得死，只有"国家干部"能享受劳保分房等福利。

小丽那边越催，我越上火，课备得一塌糊涂，跟领导针尖对麦芒。

渐渐地，小丽信少了，信中寒暄的语气多了。她说自己的情绪已经基本稳定，让我这边不用着急。

我急了。我知道有什么事情发生了。

于是有一天，我豁出去了，给她打了一个漫长的电话，但她铁嘴钢牙说一切如昨。

我还是下定决心去广州，不能调动，我辞职。

辞职的第三天,我走进了南下的轮船。

广州,祖国的南大门,对外开放的窗口,我来了。

我没有告诉小丽就到了广州,到了广州也没有马上联络她。我租了一辆自行车,车游广州。广州对于我,陌生而亲切,像是我在国外的一个亲戚。

我给小丽打电话,她吃一惊,惊马的惊。

我要的是这个效果。

但接下来,小丽让我吃一惊,惊悚的惊。

她先在电话里抱怨我没有预先告知她,继而说最近工作忙难于脱身,让我先找家旅馆住,过一两天得闲再来看我。

进冰箱了,到南极了。

街上闲逛,遇到一个小个子,脸苍黄,是大学同屋黄建。

大排档,诉衷肠。

黄建才失恋,却口口声声把前女友夸成一朵花,花开花落,此刻不知花落谁家。

接着寻个酒馆,喝到天亮。

黄建陪我找了家旅馆,脏乱差,权且安身。

告知小丽旅馆地址。

上街找工作,愣找。

满街都是服装摊儿,满街都是牛仔裤,让我想起中国电视

第一个牛仔广告：穿苹果牌牛仔裤，自由潇洒，纵横天下。（谁还记得"苹果牌"牛仔裤？现在只有手机是"苹果"的）

做不成牛仔，先做马仔。

一服装摊儿招人，老板问："会讲广州话吗？"（老板显然不会讲）

"不会，但上海话和浙江话可以，普通话也行，大学毕业不久。"我说，并承诺尽快学会广州话。

老板同意让我试试。

没想到工作这么好找，找工作像找死一样容易。

卖衣服就像卖身，只不过用嘴。

一天傍晚小丽约我了（终于），看电影。

我们没多说话，一进电影院就拉了手。前后左右都有人亲嘴咂舌，我们的手也没松开过。

吃晚饭只是相对看，没多言语。

回到旅馆马上绞在一起。

小丽在关键时刻挺起身，说："老朋友来了。"（老朋友在北方叫姨妈）。

空气尴尬。

我追问，她说就是老朋友来了。

妈的，我想，我也是老朋友。

这之后，小丽隔三岔五隔三岔五来，陪我吃饭逛街看电影，

除了上床，一切如昨。

我卖服装时认识了一个女孩儿，身材样貌都好，特别气质，挺拔于广东人的娇巧。

她是我的顾客，每周逛服装街，时而光顾我的小摊儿。

她跟我一样是外省人，大学毕业分配到广州，在一家国企广告公司做业务。

我们慢慢熟悉，她叫小芳，有时小丽没约我，我也和她出去走走。跟她在一起轻松，甚至可以聊文学，特别是诗歌。

后来她也拿些公司的案子给我，让我挣点外快。

后来在一起的时间多了，有时聊得晚了，我也会在她租住的房间过夜，虽然依旧是"普通朋友"，但明显亲密了。

一天下班回旅馆，看到小丽从一辆"小面"上下来。"小面"眼熟，似乎经常停在旅馆附近。

和小丽话不投机，她跑开，我追上，她挣脱。

"小面"上下来个"师傅"，直奔过来。

我和小丽都停止了动作。

"师傅"跑过来，在小丽身旁站住。

小丽不知所措。

我恍悟。

我向他挥拳。

我鼻青脸肿。

后来小丽和盘托出。

"师傅"叫李辉,是小丽单位的司机,我没来广州的那些日子,他对小丽无微不至。小丽说她说不上爱他,但依赖。

我无话可说。

找黄建,一醉天光。

黄建说:女人就是这样啦。

小丽还是会来看我,"小面"也总是如影随形。

通过小芳的介绍,我离开服装摊儿,去一家音像公司当编辑,工资不高,但有宿舍。

我和小芳的关系迅速升温至苟且。

正当此时,我在小芳的一本书里,发现了她跟黄建的合影。

我跟黄建说了,他火冒三丈。

黄建说那女的是害人精。

黄建临走说:"另外,朋友妻不可戏你懂吧?"

黄建走了,背影落寞悲观。

我消失了,无视小芳和小丽的邀约。

我消失的日子里想了很多。

终于，我约小丽吃饭，跟她说了小芳。

她愣了。

她说:"那我怎么办？"

我愣了。

这是啥意思？

我望着窗外的"小面"，李辉在车上抽烟。

然后小丽说："随缘吧，看来咱们缘分尽了，他对我也不错。"

我们都有些伤感。

我决定和小芳恢复交往，世俗那些东西我无所谓。

我和小芳风花雪月，和小丽的约会成了例行公事，或许是一种亲情的延续吧。

快春节了，我跟小芳商量初十结婚，结婚地点没有选我们各自的家乡，而是定在我们相遇相知的广州。

我年前回上海，小丽也回了。

我们从学校走到黄浦江，往事历历。

我要结婚了，我说。

是吗？小丽不惊讶。

黄浦江还是那条江。

我们约好初五一起坐飞机回广州，我还邀请她来参加我的

婚礼，并说叫上李辉。

初四晚上我妈突然发烧，我打电话给小丽让她初五自己先回广州，我要耽搁一两天。

初五有一架从上海飞广州的班机出事。

我打电话给民航热线，死亡名单中没有小丽。

谢天谢地！

回广州后我和小芳忙着操办婚礼。

初九，李辉来找我，说小丽在那架出事的飞机上。

我目瞪口呆。

李辉说初十上午给小丽办葬礼，小丽的同学老师和父母都来，问我可否过去帮忙。

义不容辞。

小丽的同学带来他们的毕业照，那上面原本没有小丽，因为照相前，小丽已经先到广州报到了，他们于是随便找了张小丽的照片，剪下来，贴上去，再重新翻拍洗印。他们认为这成了一个谶。

初十。

我的婚礼那边热火朝天在准备。

小丽的葬礼也隆重肃穆在举行。

躺着的小丽身披婚纱，李辉西装革履，俨然婚礼的架势。

李辉说他们其实早就领了证。

我惊愕。小丽没说过。

葬礼结束,天已暮。

风吹拂。

我这就要去赶赴我的婚礼吗?

老屋和魏红的故事

A

老屋特伤心,钢镚儿中煤气,死了。

"那个活宝!"

老屋喜欢找他聊天儿,他歪词儿如流水,令人开怀。

他常说:"男的不坏,女的不爱,小姐专爱臭流氓。"

也许是吧。

他女朋友的爸爸是十级干部,爷爷是中国"最后一代资本家",而她长得春光明媚,叫线线,能拉一手绝妙好琴,零五就曾在听她演奏完德尔德拉的《回忆》后痛哭不止,零五说她的琴声是天籁,音乐学院没人拉得出来。(也许零五又想起那个"小

提琴手")

线线哭,老屋也想陪她哭,但眼睛里没有泪水,心上也干涩涩不知什么滋味儿。

"他本该活着的,都赖我。"线线泪雨倾盆。

老屋是和零五、葡萄、梁子他们一起去太平间看钢镚儿的。

钢镚儿穿着老屋不久前送他的白衬衣,口袋里有一包未开封的"红塔山",那一定是线线放进去的,"红塔山"当时是特供烟,只有线线能搞到。

钢镚儿的耳鼻之中都塞了棉花,双眼做梦似地合着,仿佛随时会睁开,而他的皮肤干净透亮,像一块绷紧的塑料布。

当时没有人哭,但第二天,当零五唱完他写给钢镚儿的歌,所有人再也忍不住,乌云蔽日,雷雨交加。

你是我的

一个朋友

我们曾经

一起吃肉

一起喝酒

但是有一天

你离我而去

他们说

你去了那个

日升日落

都很随便

有风有雨

也无所谓的家了

线线每天都和钢镚儿住在一起，钢镚儿死那天，线线去参加姐姐的婚礼。

那天好大雪，正月十五，雪打灯，把钢镚儿的生命之烛打灭了。

该去看看线线，老屋想。

他抓起军大衣，戴上乌鸦给织的毛线帽正要出门。

线线来了，身后还有个英俊的男孩儿。

"他叫凌波，经院的，也写诗，他追我，如果你同意，我就答应。"线线说。

"干吗问我？"

"因为钢镚儿信任你。"

老屋看看线线，又看那男孩儿，他比钢镚儿英俊多了。

"成。"

线线走了，老屋把自己摔倒在床上。

他俩挺好，反正钢镚儿死了。人死了，关于他的一切越早消失越好。

他点燃一支烟，直到烟头烫了手指才扔掉。

外面一定很冷，去年钢镚儿死的时候就很冷，冷得人睁不开眼。

B

正月十五，老屋送乌鸦上了公共汽车，风大起来，彻地连大地吹，吹得街上骑单车的人东倒西歪，像扫落叶。

老屋把头缩在军大衣的围领间，因为没戴毛线帽，两只扇风耳红红地翘着。

他头也不抬顶风走着，前面有人叫唤，后边儿是汽车喇叭声儿。

走到梁子家门口，他犹豫一下就进去了。

群在，她给老屋倒了杯热水。

"梁子呢？"

"找你去了"。

"有事儿吗？"

"好像没有，就想和你聊聊，喝点儿酒。"

"好哇，我去买酒。"

"你坐吧,酒有。"

群把老屋冰凉的手放进自己热气腾腾的小手中蒸烤着:"你怎么跟冷血动物似的,手总是这么凉,真难得乌鸦没离开你。"

乌鸦吗?不会,老屋想,我们那么磁,多少事儿都扛过来了。

"今年冬天真冷。"

"我知道你不喜欢冬天。"

"有点儿喜欢了,从去年。"老屋有点儿忧伤地说。

群看出老屋在想什么,就问:"线线怎么样了?"

"好像挺好的,和一个挺好看的男孩儿。"

"她去找过你?"

"嗯,我想钢镚儿也不会说什么,那男的看上去挺老实挺像那么回事儿的。"老屋说话时有气无力,脸色苍白,眼睛里有一种寒冷闪光的东西跳跃。

梁子推门进来,见到老屋,高兴地大叫:"你这王八蛋,我去抄你家,你倒先端了我的窝儿,小群,拿酒。"

群上了酒菜,然后也坐下,她长长的头发特别美。

"不喝了,我得回去,改天吧。"老屋站起身。

梁子和群默默地看他,然后群把大衣递过去:"我会去看你。"

老屋点点头,冲梁子笑一下,走了。

C

老屋回家路过自行车棚,就钻进去和看车棚的东北老太太聊天儿,老屋经常和她聊天儿,听她讲故事,讲革命战争年代那火红的岁月,讲工运,讲她那先走的老伴儿。

"您抽根儿烟吧!"老屋递过去一根儿"长乐"。

"谢谢,谢谢,不抽,不抽,我不抽带嘴儿的烟,'大公'和'红缨'还成。"

"您一天抽几根儿?"

"不多,大概三四根儿吧,一直这样,打小儿就这样,不抽还不行。"

"您从什么时候开始抽烟的?"

"七岁,那时我们一帮小姑娘老偷偷跑一块儿抽。"

"哪儿来的烟呢?"

"家里大人都抽,我们擦桌子时趁人不注意就偷一根儿别裤腰里,然后跑厕所嘬两口,那时用的都是红头火柴,在墙上一蹭就着,有时候实在偷不着烟,我就求姥姥让我给她点烟,姥姥拿我没办法,我一点烟就猛着劲儿嘬两口,再给她,她老骂我把烟屁股都弄湿了。有时候我也拿着烟嘴儿,到大街上捡烟屁抽。"老太太越讲越兴奋,没一点儿难为情,反而挺幸福挺自

豪的样子。

老屋把"长乐"掰成两截儿,把没嘴儿的一半儿递给她:"这半儿没嘴儿,您抽两口吧。"

老太太笑眯眯接过烟,把它插在脏兮兮的玻璃烟嘴上。

老屋在车棚给妹妹打了个电话,问她知不知道自己的棉手套儿放哪儿了,还说如果她没事儿,晚上就过来一起吃饭。

然后,老屋告别老太太回家睡了。

这一睡就是几个小时,醒来,小颖已经把晚饭做好了。

"哥,你真能睡。"

"啊,你早来了,王峰呢?"

"谁知道,我一个多礼拜没见着他了。"

"又吵架了?"

"没有,我嫌他烦。"

老屋坐起来:"怎么这么冷?"

"快穿衣服。吃饭了。"

小颖的菜做得不错,三个菜各有各的味道,老屋很满意。

"晚上干吗?"小颖问。

"你一般干吗?"

"看电视。"

"这儿没有。"

"那你干吗不搬回家住?"

"我又不看电视。"

"你晚上一般干吗?"

"看书。"

"看什么书呀,越看越瘦,把乌鸦看跑了吧?"

"胡说,乌鸦才不像你们,不学无术。"

"可我们过得好呀,我们健康呀,阳光呀,充满朝气呀!不跟你贫了,哎,哥,今儿晚上我带你去玩儿吧。"

"我不去,你们一帮小兔崽子,我去干吗?"

"我还小啊?你看看,"说着小颖把胸脯使劲往老屋眼前一递,"比乌鸦大吧?我才比你小三岁,我最讨厌你嫌我小哪儿都不带我去。"

老屋见妹妹生气,于心不忍,就说:"好吧,我陪你一晚上。"

小颖乐了,不乐的时候她像一朵花儿,乐的时候就像一朵盛开的花儿。

其实老屋很喜欢妹妹,和她很亲,但在生活中他愿意跟她保持一点儿距离。

D

这是北京 80 年代末期盖的最多的那种塔楼。

开电梯的女孩儿有几分姿色,但手指粗糙,老屋看女人首

先看手,如果女人的手不好看,他对她就一点儿兴趣也没有了。

小颖和她打招呼,很熟的样子。

十一层,楼道光溜溜,给人冷静荒凉的感觉。

开门的是个颀长的男孩儿,他冲小颖点点头,然后侧身让他们进去。

三居室,地毯,红颜色,暖的,七八个中学生在跳贴面舞,音乐是理查德·克莱德曼的钢琴曲。

一个胖胖的男孩儿走过来,小颖给老屋介绍:"姚刚,这是他家,他爸妈跟咱爸妈一样,也长年驻外。"

然后,她介绍老屋:"我哥。他今晚没事儿,我拉他来玩儿,我一猜你们就跟这儿鬼混呢。"

然后,她又说:"这些都是我同学。"

老屋坐在崭新的沙发里,姚刚给点了烟。

"我喜欢读你们写的东西,"姚刚说,"这儿还有几个人也喜欢。"他很客气,很有礼貌。

老屋谦虚了几句。

屋里没开灯,只墙角的几支小蜡烛一会儿红一会儿白燃烧着,让老屋想起过去和朋友聚谈时总点的那种粗壮的"社会主义大蜡"。

有个女孩儿过来请老屋跳舞,老屋说不会,她说两步没有什么会不会的,走就是了。

老屋只好站起来，抓住她的肩膀，她也就很自然地贴紧老屋。

这是个非常丰满的女孩儿，像一桌盛宴，老屋想。

她身子弹弹的，像一根年轻的橡胶棒。

"你挺有劲儿的。"老屋说。

女孩儿有点儿不好意思，身体挪开些。

"你叫什么？"

"魏红。我和你妹特好，老去你家。"

"见过我吗？"

"见过好几次，但每次一照面儿你就有事儿出去了。"

"难怪我看你有点面熟，原来也算是老相识了。"

女孩儿挺高兴，就又把身体靠上来，而老屋其实根本什么也记不起来完完全全陌生的。

"我喜欢看你和你的朋友写的那些东西。"

"刚才姚刚也说，你们都是在哪儿看的？"

"你们每次出刊物，小颖都要拿两本儿到班上给我们传阅，我们班有好多你们的忠实读者呢！"

"你们也爱看这些东西？"

"当然了。小颖老说你看不起她，嫌她不爱看书，不学无术，其实她看的书挺多的，她说你买的书她几乎全看了，她的作文在我们班上也是尖子。"

老屋没想到，就像1938年11月9日晚，犹太人没想到一

夜之间他们就无家可归一样令人难以置信。

"我最喜欢你写的诗了,虽然我们班大多数同学认为葡萄的诗在你们中间是写得最好的,可我仍然最喜欢你的诗,但我最近发现你的诗变得有些凄凉。"

"是吗?"

"比如'黄昏时刻爱情的风/把每一张面孔吹得苍老/而我更苍老比黄昏/比黄昏时刻白头发的风。'"

"你怎么看?"

"你是不是失恋了?"

老屋笑起来,他觉得好笑,他用手捏了捏魏红洋酒瓶颈般细长润滑的脖子:"姑娘,我还没谈过恋爱呢。"

"你骗人,我都见过乌鸦,也听龚虹姐姐说过你特爱她。"

"噢?她怎么样?"

"挺好的,就是太犟了,好像少点儿女人的温柔。"

好像不太对,老屋想,其实乌鸦有时候比谁都女人。

"龚虹姐姐说她也喜欢你,但是因为你太喜欢乌鸦,她下不去手。"

老屋笑了:"那你呢?"

"我挺适合你,但好像太能花钱了点儿。可我能改。"

老屋的脸,那沙漠般粗糙的脸,被魏红潮湿柔软的皮肤熏得火烫,也柔软地铺张。

大约十点多钟的时候,"舞会"结束了,魏红对老屋说:"以后有事儿可以叫我,我愿帮你做点儿什么。"然后她留了地址和电话。

小颖说她今晚就住姚刚这儿,于是老屋自己回家,挺寂寞的,但又觉得一个人方便。

大街上路灯开放,行人稀少,偶尔有一对情人纠缠在一起,不畏风寒。

E

老屋煮一小壶水,重新冲开隔夜茶,让茶叶在大玻璃杯中荡漾,然后到灯下给田雷回信。

田雷走时他劝过,但田雷还是走了,他说他入藏有他自己很特别的理由,而且也是他多年的夙愿。

老屋想,无论如何,他是条汉子。

老屋很快写完信,想起龚虹明儿早要去拍肥皂广告,据说能挣两千块,而她只需要把肥皂泡抹得满身都是就行了。

老屋于是去车棚给龚虹打电话,虽然他们是邻居,但他从未去过龚虹家,因为龚虹她妈是有名的母老虎。

他问龚虹准备得怎么样了。她说万事俱备,只等明天"一抹"了。

老屋回到家,觉得自己很愚蠢,就煮了一大锅水洗澡,洗澡时,他发现自己的肚脐眼儿又往外翻了点儿,有些像蜗牛。

躺在床上,老屋想明天不去上课了,其实这是他早设计好的,要不今天他也不会回家住。

得找大米开张假条,最好能开两星期,这样他就可以把手上的这个中篇写完。

他从枕头下拿出《源氏物语》,从"桥姬"一直读到"蜉蝣"。

早晨起来,看表,十一点过八分,该吃午饭了。

他从书柜里拿出两片干面包,抹上果酱。

这过的是什么日子啊!

上厕所时报纸来了,两伊战争还没打完,好像已经打了一个世纪。又一个小岛国发生政变。

他把报纸撕开,擦了屁股。

F

老屋日记:

1. 乌鸦把一个大橘子给我:"你猜这是什么?"

"橘子。"

"对。"

她以为我会说是广柑。

2. 浑身异痛，我缩成一团。精读老头不信我疼，我骂了一句，终于没上完课就跑回宿舍。脱光衣服我睡了。有一只冰凉的手放到我脸上，是乌鸦。我们打赌她说阿根廷博卡青年俱乐部赢，我对了，她输我一块五毛钱的书签。她说为了爱和看清我，应该保持距离。我想也许若即若离对我们都好。

3. 葡萄给我念奈保尔的小说，他喜欢奈保尔。奈保尔长得像陷阱。

4. 地铁里人很多，像集市。人们抽烟，脸愤怒地抽动，眼睛凝住不动，目光僵硬。而脚来回走动，很乱的。一列蓝色又一列绿色的驶过去，本站不停。那丑陋的中年人点燃一支"大重九"，他鼻尖通红，唇上的茸毛又稀又肮脏。四十分钟后挤上车，车厢里只开一盏灯，黑暗，拥挤，一个年轻女人尖叫着被挤进一个陌生男子的怀抱。与我相邻的车厢十分明亮，那戴眼镜少女的前额一清二楚。刚才买的烤白薯，黄灿灿娇嫩嫩，但是不甜，像某种女人。

5. 和教授谈起男女间的事，他正看赫尔岑，就念了一句"荡妇既没有母性也没有爱情"。他说，在生活中一个普通男人是很难满足女人的性要求的，如果一个女人没有灵来支配，就会堕落成荡妇。爱情很重要，一个男子应该去寻找爱情，然后保护爱情，如果没有爱情，那么每一个女人身上不都有一个窟窿吗？从教授

家出来走在大街上,我感到十分疲倦,好像被什么东西打中了。

6. 坐114电车从起点到终点,我身旁是个姑娘,然后是青年男人,然后是个老头,最后一排座。始终很安静,没人说话,个体的沉默,群体的沉默。快到终点时,身边的男女热烈交谈起来,还挽了手臂,可我真傻,竟没早看出他们是一对鸽子。

7. 午夜三点,安静,关灯,漆黑的镜子里没有我。我重新打开灯,写下这句话。

8. 北京饭店,3101。浴室的宽大镜子,我觉得好笑。滑稽?一点儿,也许还有些幽默,而更多的是可怜和悲哀。人,这动物,这本能。

9. 冬天十分空旷。从教室望下去,一片荒凉。树木和田野空荡辽阔。公路很安静。我看着,疲倦的眼里充满泪水。教室里他们在打牌,叫,女人分娩时残酷而动人的声音,娘儿们,挺好的,也挺好的,而有些男人不太好,不如女人们,而我总比女人好些。我的眼睛绿了。

10. 哭也没有泪水,沙漠烘烤着一匹健壮的骆驼,它胴体明亮,在干燥的风中,闪闪发光。

11. 看话剧时有很多漂亮姑娘,特漂亮的也有,但她们一张嘴,我就闭了眼。

12. 人,在下次见面时,应该进步。

13. 梦见新西兰总理朗伊劫机。

14. 梦里我和零五、葡萄、田雷来到一个陌生的城市（也许是天津）。下公共汽车时，一个老太太扒着车门想上来，我说："您别往上挤，我手里的包儿沉，一会儿砸着您。"她不听，我狠毒地放开手里的包，包砸在她脸上。后来，我们又不知为什么去追踪两个年龄在十四五岁相貌平庸的女孩儿，她们跑进一家大院，从里面向外扔石子儿，我们束手无策。

15. 川端康成是个了不起的感觉派，他甚至能感觉到贫血。

16. 和乌鸦去看实验话剧院的《温莎的风流娘儿们》，演得真臭，我们中途退场，但我还是信仰莎翁，他是一面不倒的旗。

17. 零点，我和班柯走在空寂的长街上。路灯拖着绵长的光芒，把柏油路照得像银河。天上星已熄灭，天空和白昼一样明亮，碧蓝。几只烟头扔在草地上。酒馆都已打烊。

18. 西单路口卖的羊肉串竟是葱花佐料的，真不是东西。

19. 张辛欣的《在路上》不错。

20. 人们都那么蠢，他们不会自己钉框框，却只会往别人的框框里钻。表现岁月，他们只会画些固定的、大家通用的、已经成为某种符号的东西，比如大树的年轮、太阳、淡泊的月亮、沙漠、满脸皱纹的老人、长城、山石、破旧的渔网等等，好像岁月就只是破败和陈旧，其实在儿童新鲜的微笑里，也隐藏了无数捡拾不清的岁月之线。

21. 过涧头不远，有一座平常的山，而我登山，没有路。

荆棘丛生,野石乱横,扎得我皮肉不敢轻松。无数松柏间,竟开放千朵桃花,灿烂显赫,蜂拥蝶簇。在山顶,我看到一条清晰的上山路。这就是山。在山顶眺望,山下的土地整齐迷人,富于装饰感,下了山,一切都乱糟糟没了规矩。这就是山。

22. 如果能够,我今天就死了,我怕神悲怆。

G

老屋想,得和小颖换个住处,要不人太多来,那个中篇就永远完不成了。

他挑了几件衣服刚要出门,群堵住他,她眼睛红红的,头发也漫长地打着绺儿,几天没洗很脏的劲儿,"和梁子翻了?"

"王八蛋,"群一脸伤心,一脸不屑,"你这是要去哪儿?"

"回家,和小颖换个地方,让她过来住两天。"

"甭走了,我陪你。"

"这样不好,而且乌鸦……"

"我知道乌鸦不理你了。"

"梁子知道了也不好。"

"他狼心狗肺的才不在乎。"

"我在乎,我们是朋友。"

"我又没卖给他,又没当他老婆,你怕什么?再说咱俩认识

在前,你有什么可内疚的?"

老屋不再说话,他没见群发过这么大脾气,也许梁子真伤着她的心了。

他把包撂下,给了群一支烟。群在烟雾里,像个女神。

"怎么了,不想说说?"

"不想。"群已经安静下来,目光僵直,大眼无神。

"那我走了,我让小颖过来陪你。"

"好吧,有时间你也来,我现在想睡了。"

老屋重新拎起包,走过去抱了抱群的肩膀,说:"都会好的。"

H

写了七百多字,老屋感到欣慰,他想该找谁去喝顿酒。

班柯来了。

没有风,夜晚的湖泊像田野。

老屋和班柯躺在八一湖的堤岸上,岸堤雪白、明亮,夏天他们经常来这里,那时候会有很多光屁股游泳的人。

"我真想走下湖去,像那个骑马下海的人,或者像李白,骑鲸升天。"

"我肯定不会救你,那上面都是冰,淹不死你,但可能会摔死你。

他们抽着烟,彼此看不见对方的另一半脸。

他们谈一个古老而永恒的话题:女人。所有的女人,那种雌性生灵,红拂、杜十娘、貂蝉、林美人、克娄巴特拉、罗丽塔,还有乌鸦、小颖、苹子、群、龚虹、老静、蔫儿……

他们没有感到寒冷。

老屋感到班柯身上那不屈不挠的一点自扰精神,他想他的忧郁有很多是自己给自己设套儿,然后又心甘情愿钻进去而得到的。

湖对岸的灯光,像发亮的碎砖头。

夜很静,时有飘来恋人嘬嘴砸舌的声音。

老屋和班柯站起来,围着小树撒尿,声音激越雄壮。

老屋把自行车骑进一片荒芜的草地,一个躺在那里赏月的小伙子大叫一声。

老屋把车推出来,夜空和立交桥融成一片。

长安街,依旧灯火辉煌。

I

到梁子家时,他已沉睡多时,老屋用群给的钥匙开了门。

屋里乱七八糟。

书如青山胡乱叠,酒似白浪总多情。

梁子只盖一件军大衣,缩在单人床靠墙的角落里,鼾声如雷。

台灯没有关,桌上的笔记本也打开着:

  他妈的,你进天堂,我入地狱?
  群来找我,不知道是哪个王八蛋,查出来非破了丫不可!
  也不知道是什么滋味儿!
  群也真蠢,她不知道我对她有多好!
  我也真蠢,为什么对她那么好!
  朋友,滚你妈的蛋!
  那混蛋我一定找出来,把他做成罐头!
  我知道群误会我了,但是我不解释,让那个编瞎话的王八蛋暂时得意吧,让那个没头脑的姑娘冰溶水释吧!
  你对她再好,她也还是乐于道听途说。
  可我实在舍不得群!
  过去的就过去吧。我立地成佛!
  我的水绝不倒流!
  想安下心来爱个人都不成!
  那就不爱,那就仇恨,那就找个随便什么蛋捏个

粉碎!

老屋看完这段激扬文字,欲哭无泪,他真想放把火把屋子点了,烧死梁子,也烧死自己,让世界飘荡纯洁的骨灰。

J

"哥,乌鸦早上来过,把《悲剧的诞生》拿走了。"
"她没说什么?"
"没说。"
老屋拿了方便面下厨房。
"小颖,王峰找过我。"
"干吗?"
"说你和那个小胖子……你喜欢他?"
"有点儿,但他比不上王峰。"
"那干吗……"
"王峰有点儿……不好玩儿。"
"有空儿你还是去看看他,他对你挺诚的。"
"你别管。"
小颖走了。
老屋打了个小鸡蛋,散黄儿,又打了个大的,不错。

吃过面，老屋给龚虹打电话，过了一会儿，她来了。

"怎么样，捞了一笔？"

龚虹很漂亮地坐下："一吨半（一千五），让那帮孙子切了五棵（五百），还碰上个色狼，摄像，来来回回地碰我，长得挺帅，西装革履，可一看就是一傻×。"龚虹把烟嘬到底，灭了。

"群晚上想去跳舞，你呢？"

"随便，陪她也行，听说她和梁子又闹得天翻地覆，干吗呀，不行就散伙儿呗，非得这么不亲不密地纠缠着。"

"中国人要都像你，中国就是美国了。"

"美国有什么不好？"

"那谁知道。"

老屋和龚虹很要好，龚虹算得上是老屋的红粉知己，老屋觉得龚虹像侠女，仗义，心地纯良，正派，就是有人用刀戳她，不愿做的事儿她也不干。而龚虹也很喜欢老屋，虽然她知道没戏，但仍然坚守，至今未有男朋友。

"你跟乌鸦怎么了？"

"不知道，也没什么。"

他们喝着酒，酒喝得特别不是滋味儿，然后就醉了，水一样铺在地上。

老屋最后说的一句话是："爱嘛，总有的，情嘛，也有，爱情嘛，特么难说。"

K

门外,杨康的眼睛红得像罂粟花。

老屋没说话,让他进来。

"给根儿烟。"

老屋知道他早就戒烟了。

杨康把两支"春城"对接在一起。

老屋看杨康,杨康看腾起的烟雾。

"我和小梅彻底完了。"他低着头,脑袋像是别人的。

老屋听着,想这大概是个太冷的冬天,和去年钢镚儿死的那个冬天差不多,去年是死亡,今年是分道扬镳。

"我打了她,下的狠手。"杨康把烟掰开,"早晨我去她家,她没起床,我揪她起来,那时候,她还没穿衣服。"

老屋仍然没说话,他无话可说。

"全是误会,全是误会。"杨康击打自己。

"这种事儿多了,要不要我去找小梅说说?"

"没戏了,以前我也打过她,但这回太狠了,而且没有一点儿道理。"

老屋一见到小梅,就知道事情肯定无法挽回了。

小梅长得不好看，人高马大，眼睛深深地陷在宽阔的脸上，像两颗草籽儿丢在油麻地里。

"他太不讲理了，"小梅很激动，青肿的脸瞬间挂上两排葡萄似的泪串，"你从他那儿来，他一定又编了很多动听的谎话吧？"

"一句也没有，他说全赖他。"

小梅的脸有点儿红，这红里有某种怀恋的成分。

那年冬天老屋去找杨康，看见小梅一人站在大雪里，冻得像紫茄子。她告诉老屋，他们吵了一架，杨康回家了，而她在雪地里已站了两个多小时。老屋敲开杨康的门，他正蒙着大棉被没心没肺睡得香呢。

老屋说了几句安慰的话就走了，他觉得自己很没面子，他一直为自己的朋友感到骄傲，但现在他觉得杨康像一坨屎。

L

班柯说这期杂志别再自己刻蜡版了，他找人打字，而且他还能找到手摇油印机。

大家很高兴，就都到班柯家讨论具体内容。

第一次讨论，朋友们不大不小地吵了一架，红脸白脸总算没伤了和气。

班柯和方华比较激烈，吕强说都挺好的，葡萄一副无所谓的样子，老屋时不时递两句冷热话，梁子始终不发言，狗子依然故我地以他极稳定的心态平衡平静着朋友们。

"要出就出最好的，又不是开杂货铺什么都要有点儿，虽然田雷不在少了一种风格，但我也坚决不同意庄大力的散文和老王八的小说，那都是什么玩意儿啊！"班柯说。

"我同意，纯种马里面夹条杂毛驴，不仅寒碜马也寒碜驴。"方华说。

本来方华和班柯平时总是针尖对麦芒互不相让，但一谈起写作，两个人就变得很友好，因为他们对写作都异常认真。

无论如何，老屋想，他们是朋友。

"如果严格些，我也同意，"老屋说，"但我总觉得老王八这篇小说还是有他可取之处的，还不至于进杂货铺或当杂毛驴。"

"我也觉着还行。"狗子嘟囔了一句。

于是老王八的小说很勉强地过了关。

这是他们唯一"顺利"通过的决议，而当讨论封面和更改刊名时，他们吵了个天翻地覆锅碗儿朝天。

第二次的讨论依然在班柯家。

坐下，点上烟，他们开始了无休止的争吵，然后方华去炒菜，梁子在床上打盹儿，吕强看《体育报》，班柯缩着头待在角落里，

狗子吃甘蔗似的继续抽烟,老屋坐在紧闭的窗前眺望大街。

很快地,饥饿成了他们唯一的感觉,想吃饭成了他们共同的愿望。

饭菜上了,很快没了,连汤汁儿也被面包片儿吸了个干净,每个菜盘子都干溜溜像刷过了一样。

没有结果,方华和吕强走了,剩下四个人在一张双人床上委固。

老屋和班柯盖一个被子,还共用一个充了气的气垫子当枕头。也活该老屋倒霉,那天班柯感冒老是咳嗽,他一咳气垫子就颤,气垫子一颤老屋脑袋就上下颤荡。妈的,老屋想,这王八蛋有完没完。第二天早上醒来时,气垫子已瘪得只剩两层皮了。

后来他们又吵了很多次,当杂志出来,他们连看一遍的心情都没有了。

M

老屋和小颖去看芭蕾,遇上姚刚和魏红。

看完,小颖和姚刚走了。

"是你给的票?"

"不是,是你妹。她说你最近不太好,让我陪你散散心。"

"噢。"老屋把手插进兜儿里,挺感动。

魏红挽起老屋的胳膊,她有一种撼人的魅力。

"不过,今晚我想自己待着。"老屋说。

"我不会影响你,我很乖。"魏红让人无法抗拒。

"那好吧。"

屋里暖气很热(也奇了怪了),老屋脱剩圆领T恤,魏红也只穿一件很薄的开身儿毛衣。

"你先睡吧,我想写点儿东西。"

"你写你的,我看会儿书。"

老屋看着魏红:"那咱们还是喝啤酒吧。"

"好,但这可不是我说的啊。"魏红去拿了杯子来。

"你好像对我们家挺熟的。"

"我跟你说过我常来,而且你搬出去住以后,我有时也在这儿过夜。"

他们对面坐了。

"说说你吧。"老屋说。

"我爸妈都是出版社的编辑,特开通,就我一个孩子。我喜欢读书游泳打羽毛球,还喜欢洗澡,一泡就好几个钟头。有献身精神和两个偶像。"

"哪两个?"

"我爸和你。"

"我算什么。"

"也许你现在还不算什么,但你以后一定会是个什么的,但这也不重要,我很喜欢现在的你。"

"你还小。"

"薛宝钗像我这么大的时候,已经结婚好几年了。"

和魏红喝酒很享受,魏红美色撩人。老屋想,世界上大概没有一个人不愿意与美人儿共饮,既饮酒,又餐美色,既醉酒,也醉人,绝对是天下无双最大的乐事。

老屋喝一口酒,看看魏红,然后把酒干了。

"睡吧,"老屋说,"你明天还有课。"

"你呢?"

"我也睡了。"

"好。"

魏红抱着羽绒衣走出去,老屋脱干净就钻进被窝。

"我和你睡,行吗?"魏红再走进来,身上只剩小背心儿和粉色的绵毛裤,楚楚动人。

"来吧。"老屋掀开被子让她进去。

他们并排挤在窄小的单人床上,面孔朝天,魏红的体香像一阵风拍打着老屋的身体。

他欠起身,双手扳住魏红的脸,那脸红得新鲜红得透彻红得像一轮朝日刚出海,那眼睛明亮充满某种奇异的东西,那睫毛微微颤抖像鱼摇尾,那嘴唇紧张得充血、饱胀、隆起又坦荡,

每一个毛细孔都奋力撑开,向老屋忘情歌唱。

"你长得真好。"老屋说,他真的这么想。

"你也是。"魏红在颤抖,声音忽近忽远悦耳清亮如蜻蜓振翼。

老屋吻了那嘴唇,她没有张嘴,但那片草叶般舌头的转动,还是把生锈齿轮滚动似的超低音,送进了老屋的耳朵,"我真高兴"。

老屋抬起身子,他闪烁的眼睛直逼魏红,冷水泼头,大旱逢雨,他清醒了,他躺回去,展开身体。

魏红爬到他身上:"我愿意。"

"不,魏红,我喜欢你,但是……你知道,我爱乌鸦,非常爱。"

"这我知道,也相信。"

"我也喜欢乌鸦。"

"噢?"

"因为她身上有你的东西。"

老屋用胳膊揽住她肩膀,那肩膀天下无双。

"哎,对了,"情绪平复后他们相拥着聊天儿,"我问你,小颖和姚刚是怎么回事儿?"

"他们交情不错,姚刚很喜欢小颖,但小颖从没跟他睡过,她挺忠于王峰的。"

老屋睁大眼睛,他的"眼镜"跌坏了。

老屋醒来,十一点过八分,魏红早走了,他的窝变得整齐、

干净、漂亮。桌上有两块烤好的面包,一杯调好未冲的麦乳精,火柴和烟落在一起。那张留言条上写着:"我下午放学来,你可以出门,我有钥匙。"

老屋叹口气,面包真好吃。

他想他必须去找趟乌鸦了。

N

小颖——

哥这两天心情不好,乌鸦不理他,他的朋友们又都各忙各的事,我让魏红陪他,他似乎挺喜欢她,魏红有魅力,对女人也有。我爱他,父母不在家我得照顾他,他是我最亲的人,甚至超过了爸妈,哥,你知道吗?

魏红——

老屋是个好男人,我爱他,他爱乌鸦。他心情不好,心不在焉,表面上不显,但我能感到,他亲我的时候好像也时常走神儿。他对我很好,这几天他越发对我好了,我说不上他是否需要我,也不知道未来会怎样,但我敢肯定他喜欢我,这就够了,我不悲伤。

老屋——

我不能从自然中夺走她,也不能夺走她心里的春天。

0

老屋决定出去活动活动。

老屋没想到冬天也有这么热烈的太阳光。

葡萄和猩猩的故事

A

醒来,已经是中午。

她依然沉睡,睡态安详。

今天,我们没有钱了,不能再去买她爱吃的草莓和山楂糕了。

我是说一夜之间我们又成了穷人。

我父母去世较早,也许因为他们生我太晚,在我还没来得及记住他们的长相时,就有人叫我"孤儿"了。他们什么也没给我留下,除了这两间还像样的房子。

我的房子挺好的,两间都向阳,经常能看到在阳光下飞来飞去的鸽群,经常有女孩子来"借宿",她们不用交房租,还有

个"很懂生活"的男人照料。

我时常有钱,时常像个穷光蛋,但我一直拥有一套房子。电灯总有,自来水也不断地流出来,厕所里还隔三岔五有一两包卫生巾什么的。生活就是这样,生活就是这样安静而美好。

我亲一下她的脸,她醒来,像伐木者醒来,大眼睛向我张望,充满爱情。

"几点了?"她问。

我告诉她。

她说再躺一会儿。

我去洗脸、刷牙、剃胡子,然后从冰箱里拿出切成片儿像砖头的面包吃了早饭。

她赤裸地跑出来,抱一下我,又匆匆跑进厕所,一分钟后有了冲水声。

她再走出来,一跳一跳地和我打招呼。

"穿上衣服,多难看。"

"不。"她挨过来,身子在我背上蹭着。

她是我最喜欢的女孩,至少现在是,也许将来也是。

她长得漂亮。也有不够漂亮的地方,比如眼睛一大一小,眉毛一长一短。但是看着舒服。

她喜欢化妆,甚至是酷爱。她化妆很费时,一两个小时不算长。她说不化妆就出门很不礼貌,就像不洗脸一样。她化妆

时的认真态度,让我觉得那是她一生所要做的最重要的也是唯一重要的一件事。

她穿好衣服来吃饭。

她不喝牛奶。她说她从小喝惯了母亲的奶,偶尔喝一口保姆的奶都会狂吐不止,何况牛奶。

"今天干吗?"她一边儿香香地啃面包一边儿问。

"没事儿干,要不去游乐场?"

"还有钱吗?"

"噢,对了。那吃完饭接着睡吧,反正我昨晚没睡好,你抢了我的毛巾被。"

她笑了,居然是那种胜利者的笑。

"那我画画儿吧,"她说,"要不下礼拜又交不了作业了。"

"随便,反正我睡觉。"

"不行,你得给我当模特儿。"

"滚。"我跳起来。

她没动,漂亮的眼睛含情脉脉一大一小地望着我,说:"我好喜欢你。"

我一下就软了,软得像毛毛虫或者一摊水,浑身立刻就有了她拥抱我的感觉。

"那我陪你去写生吧。"

"也行。"

她快活得哼哼起来，那走调的旋律悦耳动听。

B

"还从没有人说我唱歌好呢。"她边说边把头偎在我手臂上。

"我也没说，我只是说你唱的那支歌儿写得好。"

"嗯……嗯……"她撒娇地摇晃着我，让我感到自己很高大很健壮很了不起。

我们走出树荫。

阳光像前几天一样好，或许也像过去的几年一样好。

有两个穿长裙的漂亮姑娘戴着密织的像工艺品的白草帽（也不是那种奶白，而是很接近某种招人喜欢的皮肤的颜色）贵族般走过我们。

"你看人家，怎么你长得这么丑。"

"不，我漂亮。"她撒娇的声音也很漂亮。

"看不出来，我觉得你的样子很古怪，像非洲某个部落的图腾。"

"别老那么说我，说得我一点儿自信都没有了。"

我侧转身望她，她穿绿色跨栏背心的身体蓬蓬勃勃。

C

我们来到圆明园那几块著名的石头前,她边支画架边说:"画画的人老来这儿,这儿的景色没变过。"

"那你怎么还来?"

"我和他们不一样。我经常来,在同一个地方,还没画重过。"

"你是不是又想给我讲点儿什么?"

"对了,我想告诉你,以前,我特想嫁给一个重型卡车司机。"

太阳光远远地传播,一只城里罕见的大鸟也飞过去,它膨胀的翅膀厚厚地扇着。

她把几种颜色在调色盘里搅着:"我喜欢那些壮汉把握方向盘的样子。他们大多长得丑,但其实他们漂亮。"

D

有人说我们俩生活得特美国,就是每天抱一个大纸口袋回家,纸口袋里什么都有的那种。

其实我想当个作家,其实当不当作家我也无所谓,其实有时候我倒觉得是别人想让我当个作家。其实,我干别的也行,做饭、炒菜,高兴了又有钱的时候就去自由市场买个王八炖汤喝。

总之，我基本上可以算是那种没什么理想的人，但却因为这样，我很招姑娘喜欢，朋友们说若干年后，会有一大群不同肤色的孩子扑上来管我叫——"爹"。扯淡，我没那么无耻，没那么下流。其实我看得上的姑娘很少，那些姑娘至少得有一点非常吸引我，比如她，不，也许她又不同，我有时怀疑自己是不是爱上她了。不过这也不太可能，我这辈子还没爱过谁，也不会爱，也不想爱，我倒是宁愿和那帮放屁崩坑撒尿和泥一块儿长大的狐朋或者狗友厮混一生。

E

我从小到大对洗手都有一种恐惧，我怕水会透过皮肤进入我的身体和血液，并迅速扩散到全身，全身肿胀发白而死。

她说我患了恐惧症，我认为她是虐待狂，她那张性感的漂亮的花瓣似的大嘴，像狮子一样，比狮子还狂。

F

她用一种能气死活人的颜色把那几块著名的石头画得不伦不类。

"画得不错。"我说

"还行,但有些局部还不够大师,还是有些匠气。"

"你画儿画得还行,但你这张嘴真恶心,你要是能少说点刺激人的话就好了。什么大师大师的,烦不烦。"

"这是一种感觉,笨蛋,就像你坐在公共汽车上,从前面的挡风玻璃望出去,总觉得这辆车已经占满了整条马路,别的车迎面驶来一定会撞上……"

我打断她:"那你每天走路视野那么开阔,按理说你早该被撞死了。"

她用那双大眼睛不眨地望着我,又看看自己的画儿,然后不再理我开始收拾东西。

天空白蓝白蓝的,云都堆在西边。

"一会儿的落日一定很好看。"我说。

"那有什么用,你看也是白看。"

G

她写给他的歌:

是不是爱

我不知道

我只想和你一起

我只想

随随便便和你在一起

让我依靠在你手臂

让我能聆听你声音

让我把我自己

把我自己交给你

有风,有雨

在有风有雨的季节里

让我飘扬的黑发

让我潮湿的额头面对你

是不是爱

我不知道

H

他写给她的歌:

我曾经有个追求

一生都跟你走

穷光蛋我不在乎

像一条狗

只要你不嫌我太丑

只要你的勇气够

拼了命我也爱你

永不回头

大地上风在吼

群山有泪在流

点点头你做我的

最好朋友

世界本来就这样逗

你又何必总是愁

日升日落每天都会有

月上西楼

阿妹你走在前头

阿哥我不停留

走过了漫长道路

爱情不朽

紧紧握着你的双手

我的心儿在颤抖

生个孩子让他像咱们俩

我别无他求

I

我觉得好的女人就是妈妈。

她说她原来是男孩儿，现在是女人了。

J

当花朵变成骨盆硕大的女人时

采她的男孩子流泪了

K

她是那种长得漂亮又讨人喜欢的女孩儿，她那貌似冰冷却真的火热的性格，能让所有男人燃烧。

我认识她的时候，她还是个孩子，但就是她那很孩子气的东西，已经足够吸引我为她献身，有时还让我满面泪流。

她懂我，她能感动我。

L

我的日记。

a. 受难的菩萨就是受命的菩萨！

想写诗，想写小说，想在写作里让生活好起来。我想会的。当一切结束，就只有我的文字，它们像一群伫立的白马，仰天长啸。

b. 有人说你活得太累就不值了。

我说"滚"。

有时候人会自峰巅而谷底，有时候人会从地狱往天堂，这不由你不信，这是命。有的人命真好，有的人命真苦，而我时好时坏，这都是命。信不信由你，你无法改变命。你得生存，得玩儿，得乐，得干一些活儿，得登峰造极。有时候你得去爱，有时候你想爱却爱不成，于是不爱，于是又信命了。生命中还是苦的东西多些，但却是欢乐的分量重些。

心脏又跳得不好了，身体却依然结实。我的身体像一面铁旗，撑满了我的长征路。

c. 如果我贫穷，我将是大师；如果我富有，我将是大师；因为我生来就是大师！（好像她说的啊）

好日子会有,而好日子常常只是一种理想,一个梦,我的梦都在少年时代走光了。

可是我得过我的好日子。

好日子也和平常一样,是随便的一天,温暖而充实,或称丰盈。她和我像两种日子,有时隔很远,有时是同一天。现在还好,不觉得。会有一天,雨要落风要刮世界要变,不知道该怎么办。

我想有一天,我能从梦中站起来,晴空响雷,大地摇曳,山海苍郁,牛蛇狂舞,我奋然腾跃,直上云间。

d. 我的面前有一堵墙。

不知道这是怎么了。

千山万水沟沟坎坎大江大河我走了这么多年,却依旧有迷失,迷失在早春乍暖还寒的空气里,迷失在风雨飘摇的港口码头和一小块陆地。

我早已过了想入非非的年龄(按说),我早已摆脱了吟风颂月的日子(我以为),我已长大,我已成人。但是风从海上来,从海上来的风又急又猛,天空明亮,大地芬芳,我沉醉在一个没有边缘的金属镜中,镜面破裂,而我独立。

M

让所有男人都感觉好的女人不能做妻子。

实际上,只要是你感觉好的女人,你就一定不要娶她。

N

下雨了。

下雨天她喜欢,有一些人就是喜欢下雨天。

狗子在下雨天拉着他小朋友的手去一个二层楼的浴室洗澡;老猫和猫夫人下雨天坐在阴暗的房间里互相往脸上贴面膜;大蛇一到下雨天就往老丈人家里跑,帮着修整小厨房;乙肝就只会在下雨天抬头望天,想念在东北上学的小铁蛋儿。而我一般来说不喜欢下雨天,下雨天我倒头闷睡或长眠不醒至点灯时分。

"下雨了,咱们去喝酒吧。"她说。

喝酒永远是件令人高兴的事儿。

穿了雨衣,我们去楼下的酒馆。

酒馆里的男人都在看她,我告诉她。

她吊一下嘴角,眼睛懒懒地睁着:"是女人她们都看。你不看吗?"她是在安慰我。

我凝望她,不说话,心里却想着自己像个言情小说家。

"你说我租间地下室种蘑菇怎么样?"

"得了吧,想挣钱还不如去卖血呢。"

"我就卖过。"她又说。

我闷头喝酒,眼睛在杯口沉浮。

"你说老屋和乌鸦会不会结婚?"她问。

"应该吧。"

"那咱俩呢?"

"应该不会吧。"

"为什么?"

"你连大学都还没毕业。"

"要是毕了业呢?"

"毕了业也许你就不想跟我结婚了。"

"我想,我想跟你生个孩子。"

生个孩子,这主意不错。

"小时候,我以为人是从腋下生出来的,"她开始自言自语,她时常这样,她这样的时候,有时像圣哲,有时像巫婆,有时也像拾柴火的。我无法阻拦她像什么,而且每逢这时,我都还很认真地听她讲,我会不由自主地被她吸引。

"我出生在一家数一数二的大医院,就像你们北京的妇产医院,我出生的那天,整个医院就我一个新生儿,孤单单的,空旷旷的。听我妈说,当时她肚子胀得厉害,以为会难产,但结果却是我像坐滑梯一样轻松地跑出来,好像嘴里还唱着歌儿。"她讲得眉飞色舞,青春焕发。

"你呢?"作为对我耐心倾听的报答,她礼节性地问了一句。

"我好像是生在一列由南往北的火车上,出生时一声儿没吭。"

O

我不愿和女孩儿一起出门,我嫌麻烦,我通常是一个人,或者和零五、班柯、老屋、田雷他们。

我的第一个女友"狗子"说我不通人性,像狗一样只知道吃肉,然后就吐着条大舌头耷拉着长尾巴四处乱窜;我的第二个女友"老猫"说我是只色猫,自己出去贪腥找鱼方便快活而把她甩在家里像鱼甩完籽就不管了;我的第三个女友"大蛇"最不是东西,她自己妖里妖气活脱脱一条美女蛇,却说我也是一条永远冬眠的菜花蛇。于是有一天我决定带个女孩儿出去玩儿,于是我就带上了她,我的现任女友,她叫"猩猩",没有人比她学猩猩更像了,甚至猩猩也不行。

P

火车是开往一座大山的。

我和我的朋友们通常都是进山玩儿,很少去海边,好像山是我们共同的信仰。

我有个愿望——乘无轨电车进深山。

那天下午我们就到了,住在一个富裕农民家。

那天的天真好,天上什么都没有。

我们站在院子里,她靠在我光了膀子的胸脯上。

东面是齐刷刷波涛滚滚的高粱地,像一排排挺胸而立的武士。

她搓着我肩膀上的泥,还不时激动地吻我。

夕阳时,我热,就赤裸着站在院中央,用水缸里的水浇着身子。

舒服了,我就回头找她,她居然也脱光了衣服,女神般站在黄灿灿的阳光里,让人想起第八个是铜像。

她走过来,跳进水缸,水花翻飞,天女散花。

Q

回家时,她让我背画箱。

我一边走一边唱"不愿意做奴隶，不愿意做马牛"。

后来夕阳落了，我们碰上我过去的女友耗子，她一袭黄裙，长发如风，浪浪地拖着木屐横穿马路。

"她真标（漂亮）。"她衷心赞美。

R

这是一条潮湿的山脉，山谷里遍生苔藓，各种质感的黑石头四散堆着。阳光偶然照临。

我踩着碎石子如履平地炫耀地在前疾行，她歪歪扭扭一蹦一跳地努力跟在后面。

空气寒冷。

山外是八月天。

一只蓝色大蝴蝶飞过来，我们同时站住，她还禁不住"呀"了一声。

那蝴蝶硕大无朋,像一只大雁,那蓝色不很明亮却光芒四溅。

蝴蝶围着我们绕圈儿，一圈儿，两圈儿，三圈儿之后翩然无影。

S

后来我们回家了。

后来就是新的一天了。

老屋和冼蕾的故事

自从爸妈长期驻外后,我搬回我爸妈家住,这里有电话,方便联系人。

那天外面冷,西北风五六七八级地刮。

我在我爸妈家养成了在寒冷的日子整天睡觉的习惯。只要天气冷,不管那天有没有课我都闭门睡觉,睡成一头猪,睡成一锅粥,睡成一碗萝卜汤,睡成玉米羹。

在睡着的时候,一般我不接电话,我懒得伸手,也怕搅了梦,而且也没什么正经事儿。

电话铃响了,一响我就接了,反应快到电话铃只响了半声像一句清咳,像一个饱嗝儿。我是梦中出手。

打电话的是我爸妈同事的孩子,叫冼蕾,比我小三四岁,

上初二，她小时候我见过她一面两面的，但没有什么印象。冼蕾的爸妈也刚刚去了美国，而且是做我爸妈的上司。冼蕾说她爸妈托人从美国带了点儿东西给她，也顺便捎了几盘磁带给我。

我说好，我去拿。

冼蕾家跟我家只隔两座楼，但我在路途中差点儿被风吹飞了，于是我想起长征，于是心里真的就对红军伯伯油然而生出无限敬意。

外面没有人，真的是一个人也没有，连平时夜里乱窜的猫也没有。垃圾桶被吹得东倒西歪，垃圾撒了一地，还顺着风向拉出长长的轨迹，像一个重伤员拼命向前爬留下的血腥而模糊的印痕。废纸贴在墙上，塑料袋挂在树上。如果没有万家灯火，这冰寒的夜就太像希区柯克的电影了——谋杀在某个角落缓慢而舒展地开始。

冼蕾穿一件横竖编织的大花毛衣把门打开，屋里强烈的热气流喷涌而出，我一下子觉得有救了甚至是再生了。进了房间，我脱去厚重的棉服，就不打算再出来了。

冼蕾递给我一个小塑料袋，里面装着肯尼·罗杰斯、琼·贝茨和威利·尼尔森的原声带。

我懒得动弹，冼蕾大概也因为一个人待着没劲而没有送客的意思，于是我们面对面坐着闲聊。

我问她可不可以抽烟，她就去找来个很雅致的据说是波兰

产的烟灰缸，还从大衣柜里给我拿出一包"时运"。那个时候"时运"很少见，是高级烟，于是我也就没再掏兜儿里的"长乐"。

洗蕾的身体稍稍有点儿胖，但也许在西方人眼中就刚刚好了。她显然是刚洗完澡，长长的头发披在肩上，散发出不知是什么洗发水但一定高级的清香，很好闻。

洗蕾长得不是很好看，小肉鼻子，脸上有轻轻浅浅的雀斑，但也不难看，傻乎乎的大眼睛有光芒但无神但纯真但温柔。她的动作比较迟缓，和她的年龄不相称。

我们谈文学、美术和音乐，没过多会儿她就显出被我吸引被我征服的样子。

她听了不少美国歌曲，也收藏一些原版带，我们订下口头交换协议。

时间一晃就没。

两个小时后已是午夜十二点，我实在不好意思再坐下去，就说："我得走了，你明天还要上课，改天再聊。"

看得出来她不想我走，但少女的羞涩又使她张不开嘴挽留我。

她送我到门口，我也不知是有意还是无意地很亲热地拍了拍她的头，当然一定是大哥哥的。

在我转身下楼的瞬间，她把我没抽完的"时运"塞进了我的棉服口袋。

我浅浅地笑一下,龚虹说我的这种笑能迷死所有女孩子。

当我又走进大风里,居然一点儿也不感到寒冷,我想一定是心里滋长的什么东西给了我力量。

和乌鸦刚好的时候,再冷的天气也冻不着我。

第二天冼蕾打电话给我,约我周六去她家交换磁带。

我笑了,笑得有些恶毒。

周六的第二天是星期天,星期天不用上课,不用上课的头天晚上可以聊到很晚,甚至整夜。

我很想去,真的想去,那种念头扑不灭。

但乌鸦呢?乌鸦周六会来我这儿。即使乌鸦不来,我会去吗?我会伤害乌鸦吗?

我想了一个礼拜,但一个礼拜中的每一天我都在盼望周六,我知道乌鸦和冼蕾也在盼望周六。

周六晚上7点钟的时候乌鸦来了,带着一瓶通化葡萄酒和两包"红梅"。我们一边吃喝一边聊天儿,乌鸦给我唱了一支歌,我给她讲了晴的故事。我们都有点儿伤感。

后来零五来了,乌鸦就走了,我把我的大衣给她披上,告诉她我会再给她打电话。

很快我和零五喝干了剩下的酒,于是我们念诗,聂鲁达的《马楚·比楚》。马楚·比楚是一座大山,其实它也是人的高峰。

零五走了，我把诗集、歌谱和打字纸扔了一地，然后锁上门去找葡萄了。

葡萄睡了，我没想到。

葡萄床上还有个圆脸女孩儿，她给我开的门。

葡萄说精神不好，连外面下雪都不知道。

我抽了支烟，喝了杯茶就走了。

外面，一望无际的雪。

雪，一望无际，平展厚实，像修葺很好的草坪，像阿兰·罗布－格里耶修饰得很好的小说，像十八世纪英国贵妇修剪得很好的指甲。

路上没有一个人，除了我，和我的自行车。

冬天骑车我从来不戴手套，我给自己的理由是这样不会冻手，因为手会不断运动。

我把一只手揣在裤兜儿里，另一只手缩在棉服中，用棉服的袖子扶着车把，三几分钟两只手换个位置。

我把车停在冼蕾家楼下，这绝对是无意的，但也许是有心的，后来我想也许那天我真正想做的事就是去找冼蕾，只不过当局者迷，自己当时都不很清楚而已。

这时已是午夜一点多钟，也不知冼蕾睡了没有。

我轻轻地上楼，又轻轻地敲了一下门。

敲门声未落，冼蕾已经开了门，穿着很好看的半透明两件

套白色睡衣裤。

"太晚了吧？我一直有事儿，刚完。"

"我一直在等你，你停自行车我都听见了。"

我有点儿感动。

录音机里放着古典音乐，好像是莫扎特，我不太听得出来，但我记性好，听过的多半有点儿印象。

冼蕾从大衣柜里给我拿了包"时运"，又给我冲咖啡。

我说我今天不是从家来，所以没有带磁带。

她说没关系。

然后我们就面对面有点尴尬地坐了一会儿。

然后她说，你给我讲讲你的故事吧，我听我们同学的姐姐说你的故事特别多。

那时我在我们那个大院里很出名，叔叔阿姨都知道我的文章写得好，孩子们也羡慕我有一大帮看上去气质特别的男女朋友。当然，我也知道，其实我在大院里的形象和名声并不好，人们都认为我早熟，说我风流，甚至说我糜烂，所以别人道听途说的我多半是带贬义的。

讲故事我在行，既可以讲真的，也可以虚构出无数个像真的，而面对冼蕾我似乎只有一个选择，那就是讲真故事，而且讲真故事容易动情，讲真故事还带有某种启发性，或者说是诱骗性。

但讲什么呢？

讲我和乌鸦的故事？太近了，不好讲，而且我们的关系也模棱两可说不清。那就讲晴的故事吧，我刚刚给乌鸦讲过。

晴是初中生，当时，十五岁，和你差不多吧？

我十四岁。

没想到她那么小，比我可不是小三四岁。

晴是我妹妹的初中同学，我认识她的时候她十五岁。

晴长了一张尖廋的小脸儿，鼻子也是尖尖的，五官清秀，身体饱满。

晴和小颖当时是一个学习小组的，经常来我们家做作业，一来二去三上四下地混熟了。晴是个早熟的女孩儿，也是个特立独行很有主张的女孩儿，在我们家小颖还浑浑噩噩混沌未开的时候，她已经接收大把情书瓜熟蒂落了。

那时我也不知哪根筋动迷上了摄影，动辄几十个胶卷。别说，拍得还有些味道，拍出了点儿名堂，在摄影报刊上发表了不少作品。

我从来不拍山和水，我对死东西没兴趣。虽然我极爱游山玩水，但山水就是进不了我的镜头。

我只拍人，我喜欢交流的那种快感。

我把葡萄拍烦了，把零五拍烦了，把班柯拍烦了，把龚虹拍烦了，把田雷和陈红拍烦了，把小颖也拍烦了。小颖就说你拍晴吧。

晴愿意，我们就去了天坛。

天坛的红墙在夕照里美不胜收。

晴在红墙前美如天仙。

拍完我们就拣个僻静处，坐在同一块砖石上聊天儿。

我们彼此有好感，很好的那种好感。

风吹来时，我就把手臂搭在她肩上。

她皮肤不是很好，有很多虽不明显但能感到的疙瘩。

后来我向葡萄借了房，我们在那里度过了很美好的一段时光，除了葡萄，其他人包括小颖都未察觉。我们在葡萄的房间里关了很长时间，大门不出，二门不迈。

当然，最终我们也没有发生性关系，主要是因为我想保持童贞，我还想练童子功！当时我有个女朋友。

后来我伤了她。

那是一个中秋节，月亮大又圆。

我收到晴的信，她约我在44路公交车站见一面。她信上说只见一面，然后各自回家。我没有赴约，我和我的女朋友在家过了一夜。

那夜很漫长，而且不是滋味儿。

（过了很多很多年，她有了孩子从法国回来，追问起当年的事，我一口咬定我没有收到信。她似乎喘了一口长气，如释重负。）

中秋节后,她突然辍学去了南方。

刚开始她每天都给我写一封信,表达思念之情。

在后来的信上,她说她爱上了一个上海男孩儿,挺像我的,也有才,会写诗。

后来她就没有消息了,后来又听人说她有了新故事。

我无法更详细地向冼蕾描述我和晴的爱情,因为我自己都不能确定我和晴之间是不是有爱情,即使有,冼蕾这种年龄也未必能懂能体会。

但是冼蕾已经傻了,她就坐在那儿傻呆呆地望着我,目光中憧憬的成分大于沮丧和怜悯。

我站起来也拉冼蕾站起来,我们身体贴着身体,跳两步。

我能感到她的兴奋和局促,也能感到她的渴望。

我冲她温柔一笑。

说了一些我早已忘记的话。

然后我说我要回家了。

我走到门口时,她让我等。

她进屋又去拿了两盒"时运",默默塞进我兜里。

回到家,乌鸦躺在床上,这是意料中的事。我抱她起来,抱了很久。

我已经缓过神来,缓过来的神对我说,乌鸦才是我的女人。

我很喜欢乌鸦,但我们之间一直没那事儿。

后来葡萄病了。

后来我认识了魏红。

后来我再也没见过冼蕾，听她妈妈说她去美国读书了。

后来晴又来找过我，还带着她的小女儿。晴让她的女儿叫我爸爸。

我说为什么。

晴说你真没良心，晴说你难道忘了我曾经许下的诺言了？

晴曾经跟我说她一定要让她的孩子姓我的姓。

晴在国外漂泊多年，交过无数男友，但直到碰上一个与我同姓的男人才嫁给了他。

晴说我现在把女儿带来了，让她认祖归宗。

帽子结婚了

　　班柯是我多年的朋友,但我一直认为他是一个缺点比优点多的人。

　　葡萄跟我持相同观点。

　　班柯自负,但其实他拙劣得要命,他甚至连玩笑都开不好。也奇了,就他这个样子,凭一招半式三脚猫的功夫,也情丝万缕牵得无数女人和女孩儿手舞足蹈自甘堕落。

　　其实我知道,打心里班柯也不是很喜欢我,他曾经对方华说我这个人虽然心地善良为人正直,有远大的理想和超常的隐忍力,但好大喜功没有实际工作能力,而且过于疏狂,属于可友而不可同志那一类。

　　无论如何,我和班柯还算相知,于是我们不近不远地做了

十多年朋友，彼此感觉尚且良好。

当班柯晃悠着他高大的身躯走进我房间时，我正好在厕所读完了《世说新语》最后一页。

我还没有看见班柯，但冲马桶的一刻，他那魔鬼般夸张的影子，像一片巨大的枫叶，在我眼前摇曳即逝。

我上厕所从不关门，无论大便还是小解，这传统来自我知识分子的爹。我爹虽然在芭团当领队，但满腹经纶。

班柯陷在我那张本来很好但现在略显陈旧的大沙发里："听说老秦走了？"

"走了，跟一个湖南画山水的鸟儿。她说那鸟儿命中有财，能高飞。"

"我早就知道你们长不了，老秦不是善主，你也不是什么好东西。但从心里我本来是祝福你们能好下去的，省得彼此单飞，出去祸害社会。"班柯说这话时没有一丝笑意，他总是在不太可笑的时候才笑，而且夸张地笑，笑个没完，他喜欢听人讲笑话，也喜欢给人讲笑话，可惜他时常把自己说得喷口大笑，而周围的人却莫名其妙，觉得他可笑。

我们彼此给对方点上烟，这是我们的客套，也是老规矩，点烟的时候我们彼此微笑，多少有点儿虚伪，也透着亲切。

"看上去你没有你说的那么烦，看着还行，胡子也刮了，衣服挺干净，好像还刚洗过澡，挺鲜亮儿的。"班柯边说边打量我，

像看宠物或瓷器，好像这次见面我一下子变得玉树临风了似的。

"废话，我要说我现在很好你能这么快就来吗？我哪次找你不是告诉你我快不行了，我没救了，而你哪次没上当？你是乐意上当，自找的，是不是最近也不太顺？"

"大顺！依红偎绿，生意也好，我爸妈身体健康。"

"你牛！走吧。"

我们去我家对面儿的吉祥饭馆。

花生米，粉皮儿，排骨，西红柿。

两碗面。

二锅头。

这酒还真有点儿难以下咽，于是我的话就多："其实老秦按说是个再普通不过的女孩儿，除了个儿比一般女孩儿高点儿，波大点儿，肉紧点儿，还有现在的美人儿都戴隐形眼镜，而她愣往鼻子上摆个架子以外，再没什么与众不同的了，可她这一走，我还真觉得有点儿别扭。"

"你这属于典型的水性杨花，你追人家时总结的那些优点都忘啦？"

"我没追过她，你也知道，我虽然不像你那么会钻营男女之道，但我之前的哪个女孩儿不是自己撞上来的？"

"你特么简直无可救药，这么多年了，身上的布尔乔亚味儿一点儿没少。"

"布尔乔亚怎么啦，总比资产阶级、比地主、比富农好吧。"

"你这是抬杠，你就是心理不平衡，老秦跟人走了，就等于是把你甩了，你觉得丢人，要是你踹了人家，你心安理得着呢！"班柯不紧不慢，这是他的最佳时速。

我们没有吵架，我们都不屑跟对方吵架，其实我们还很友好，眼睛都很温暖。

"抽烟吧。"班柯说，自己点上。

我也点上。

天上星，亮晶晶。

吉祥饭馆的生意不好，今天从始至终就我和班柯两个人在吃东西。店老板是个黑大汉，他一直坐在角落里嗑瓜子儿，不说话，倾听。我和他是老相识，自从我搬到这条街，凡有朋友来，我都带他们到这儿，但每次除了点菜，我很少和他说话，有时笑一下，有时笑一下也省了，但我能感觉到，他挺喜欢我，因为我每次来，他都坐在角落里嗑瓜子儿，倾听。

班柯说："那我走了，一会儿还有人找我。"

"好吧。"我有些不舍，虽然我们已无话可说，但我还是挺想跟他再坐一会儿，也许我害怕寂寞。

我一直不甘寂寞，我有很多朋友，但今晚我想和班柯在一起，今晚我自己都不知为什么，好像有点儿迷恋他。

我和班柯很默契，我们之间的信息传递，多数时候根本无

须语言。今天也是，于是班柯说："要不你跟我回去，晚上还热闹点儿。"

于是我坐在班柯的自行车后架上，被他驮回了家。

月白风清。

班柯家晚上来了三个女孩儿，是某大学图书馆系的同班同学。三个，我真不知道如果我不来，班柯怎么应付。

班柯介绍我是歌手，说我的歌儿能唱亮天能唱开孔雀的翅膀能唱哭李白杜甫苏东坡，但感动不了活人。班柯是在给我拉皮条，他虽然笑话讲得不好，但人还算幽默，口才一流，对女孩儿尤其适用。

果然，三个女孩儿对我刮目相看，看我时眼睛里的光芒扑朔迷离。

三个女孩儿模样差不多，都比较清秀，高的叫石琳，中的叫希凤，矮的叫康佳，说是高中矮，其实她们高矮胖瘦区别不大。

我们席地而坐，地上有个草编的垫子，非常大，几乎铺满了整个屋子，三个女孩儿都不认生，我和班柯插在她们中间，有说有笑。

我没有想起老秦，老秦跟她们很不一样，所以我没有任何理由想起老秦。看来班柯是对的，我对老秦的最终评价不中肯，老秦其实并不一般。但当时我确实没有想起老秦。

半小时后，我发现其实这三个女孩儿也不一样，无论是长相还是性格，我开始注意坐在我左边也就是坐在班柯右边的那个叫康佳的女孩儿，我发现她非常漂亮。

康佳的眼睛像宽银幕，睫毛如彗星拖尾一般抒情。

康佳好像没有注意我，没怎么看我，也许是由于需要扭过头才能看到我的缘故，她的眼睛总是斜斜地对着我，而我却因为想看清她，而经常前仰后合，我不怕扭头，而且很有兴致。

聊天儿热烈，主题不确定，鸡零狗碎，比起我们八十年代那种即使很随意但也很投入地谈文史哲要轻薄肤浅得多，也轻松愉快得多。我总是以1968年为一条线划分时代，并以为1968年前出生的人，有良好的阅读习惯，而这之后出生的人，属于泡在蜜罐儿里不识甜滋味儿一类；现在不了，许多事实证明，愚昧而可笑的是我们，于是我开始亲近他们，并发现他们其实很容易亲近，就像我们在心里，总是对那些上过山下过乡的"老三届"所怀有的崇敬一样，他们也认为我们是一些"有生活"的人，于是年纪大也就有年纪大的优势了，而这种优势的几个代表性词汇可总结为：经验丰富、实干、可靠、幽默、懂生活、智慧、有精神力量。

我们一边聊天儿一边喝酒抽烟，三个女孩儿的脸，不知是因为酒精，还是因为兴奋，都红艳艳得好看。我和班柯讲起的我们学生时代的几乎任何一件无聊事情，在她们听来都好像是

传奇，而我们也被刺激得止不住大放厥词，那感觉有点儿像大小便失禁。言谈中，我们似乎又回到了那个似乎还有些英雄土壤的年代，我们自我沉醉。

烟气酒气都挡不住人气，康佳身体散发出来的微热的芳香，熏得我色迷迷有些难受。我无法抵抗这种东西，我相信这世界上也无人能抵抗这种东西，这种东西是青春和美丽，它们像空气、水和食物一样，或者对有些人更为重要，比如我，对于我这就是生活，生活显然比其他的一切都更重要。

于是我就痴痴地望着康佳，嗅着芳香。

康佳穿一条很窄很短有毛边儿的牛仔短裤，很随便的一件有动物图案的白T恤很随便地塞在短裤里，寄山水灵秀赏心悦目，以至于巴尔加斯·略萨的一句话死死地顶住了我的喉咙——"我想挤一挤你果园里的柠檬。"春光泛滥，热情洋溢。

情不自禁，于是我只好起身去撒尿，一泄如注。

洗了手和脸，回来，盘腿坐在美人儿身边，沐浴香风。

有醇酒和美人儿，不能缺了音乐。

班柯拿来跟了他十几年的吉他，弹《爱的罗曼史》。

班柯是我们中间最早学吉他也是最早拥有吉他的，我们第一次认识的时候，他就扛了这把吉他，并说他正在和一个特牛逼的老师，学正宗的古典吉他。他当时给我弹的就是这首声名远播也臭名昭著的《爱的罗曼史》（那时会拨弄两下吉他的人，

都会弹这首曲子），而在以后的日子里，我也从未听班柯弹过其他曲子。

班柯的"演奏"很受欢迎，大家热烈鼓掌，尤其是石琳，她几乎是用崇敬的目光，在那熟悉的旋律里，一线一丝地阅读了班柯严肃的面庞。

班柯做事认真，那种严峻的表情也几乎成了他的一个象征，成了他最有代表性最有说服力最具感染功能的武器。

七种武器，件件封喉。

班柯弹奏完，首先把脸转向鼓掌最响的石琳，他虽然弹奏时全神贯注，但也并未忽视那炽热的目光，他是个一心可以二用的人。

班柯面容松动地笑了，在我眼里他笑得实在太古怪太丑陋太不像样儿了，但痴情的石琳却被他笑得无地自容，羞涩得像一支暗夜中静默开放的天使之花。

石琳为摆脱尴尬，将原本盘着的修长玉腿竖起来，押一下裙子，抱于怀中，将下巴抵在膝盖上，但这个小动作走了光，那耀目的玉腿闪电般呈现，大白天下,让我想起瓦雷里的名句"换内衣露胸，两件一刹那"，灵感之水，一击浪千重。

我特别注意到康佳此时轻轻地笑了，将头微侧，似是在观察我的表情，我心一动。

该我唱了，康佳把屁股挪了个位置，正面朝向我，我趁机

给了她一个被老秦称作"百媚生"的微笑。

老秦说我面带女相，五官除了扫帚眉，其他均妩媚，皮肤白皙，尤其是微笑，可放花千树。

康佳没有回我的笑，但那双水波潋滟的眼睛，像水泥一样灌注在我脸上，目光闪灭含义不明。

我唱了一首很早以前写的《风华绝代》，并真的以为这歌就是当时写好为了今天送给她的：

  有一支歌唱了千年

  有一条船摇了千年

  有一支短笛吹了千年

  有一个女子倾国倾城故事传了千年

  女子没有留下姓和名

  只有摇曳的风姿随波逐流

  一肩花香　两袖清风

  鬓边的黄鹂诉说千古闲愁

  有一个女子蛾眉淡扫

  有一个女子容颜不老

  有一个女子穿越时光

  有一个女子风华绝代让江山如此多娇

杏花春雨江南梦归迟
　　面如桃花的男子踏歌而行
　　那窈窕淑女飘风入画
　　空留下楚腰纤细在掌中轻
　　倾国倾城那一段往事
　　风华绝代那一个女子
　　沉鱼落雁
　　闭月羞花
　　用春秋玉指书写千古传奇

　　以前唱这首歌，像是在讲述一个远古洪荒的传说，因为传说是杜撰的，所以有距离。今天唱，心中有一个明确的东西，所以唱出了一种从未有过的情感。

　　真是留得五湖明月在，不愁无处下金钩，一网不捞鱼，二网不捞鱼，三网捞上一条大鲤鱼。

　　我看到康佳的目光里有水与火，柔情似水深深的海洋，激情似火大地在燃烧，她显然从我的目光和我脸朝的方向和歌声中听出了弦外之音，她是我的知音。她的目光掩盖了另外两个女孩儿的掌声和叫好声，但我却没有遗漏掉班柯眼中为我喝彩的欣慰表情。呦呦鹿鸣，食野之苹，班柯的祝福情暖我心，于

是我们不易察觉地用目光在空中相握。

朋友这东西真好,朋友不是说出来而是做出来的。

班柯有名言"好朋友彼此了解三分之一,也有利益关系",而这三分之一的知解已经足够,已经足够温暖一个人的一生了。朋友不一定总在一起,朋友不一定没有龃龉和不信任,朋友也不总是意趣相投。朋友实际上是一种默契,朋友实际上是鱼和水,鱼不管水咸水淡,水不嫌鱼大鱼小,朋友就是在你痛苦和欢乐时,浮现于你心灵的那个人。与你长相厮守的不一定是朋友,与你素昧平生的也许是你的知己,朋友之道,可遇不可求,谁也别太在意。

之后,我们一起唱了几支老歌,诸如《明天会更好》《路边的野花你不要采》《离家五百里》等等,唱得热气腾腾,情满斗室。

班柯说:"有点儿饿了,谁去厨房做点儿吃的?"

康佳第一个站起来,我也随即起身,我的动作是不由自主的。

别的人都看我们,康佳有点儿不好意思,站着不动,我趁势握一下她的胳膊说:"走吧,他们都是懒蛋,好吃懒做,咱们自己做自己吃。"康佳也就顺着我的推势向外走了。

班柯家是那种老二居,厨房很小,外露的管道很多。

"真乱。"康佳说。

"没有一个家是不乱的。"我说。

"什么意思?"

"不乱的家没有生气,所以不算家。"

"你怎么像学哲学的。"康佳揶揄说,这种揶揄不正不反,明显带有某种挑逗情绪。

"你也是学哲学的,每个活着的人都是哲学家。"

囫囵吞枣地存在主义了一把。

"那死人呢?"

"死人是哲学化石,成为化石的哲学就已经不是哲学了。"

"不明白。"

"不明白挺好,太清醒的人都有病。"

下了面条,热气腾腾的水烟在厨房里浮沉。

康佳打开抽油烟机,噪声巨大。

是抽油烟机帮了我的忙,因为噪声巨大,我们不得不贴得很近说话,而当我们真的贴得很近时,却又无话可说了。这是一种常态,当男女间的距离缩短以至消失时,语言就变得毫无意义了。于是我们只有凝望,渴望地彼此对望,没有任何不安,而也就在此刻,我才真正看清了康佳。有人说为了彼此看清,应该保持距离,那么为了彼此真正的感受并享有那天造地设的辉煌一刻,男人和女人就应该让距离消失。我和康佳现在的距离已经很小了,无论是空间还是心灵,身体和灵魂的共振,让我们喜悦和激动。

康佳真美,女人真美。

康佳的头发细密而黑暗,像欧洲中世纪以前某个不见天日的暴政王朝,而她润亮的额头,像文明的曙光照耀天庭。那鼻梁异常笔直,挺秀如峰笋,唇如蚕翼,微笑没有方向。

我们就这样黯然而视,抽油烟机的巨大轰鸣已成为遥远的背景,而她轻浅的呼吸,在我耳中却如喷气飞机隆隆的马达声。

煮面锅潽了,康佳转身抓起一只碗倒了些凉水进去,这样她就背对我了。

我决定不再等待,人们总是在等待中错失良机。

我轻轻地靠上去,双手围过去,把她拦腰一抱。康佳的身体颤一下,像一阵风吹过,随即她的脑袋后仰,脸贴向我的脸,长发倾覆,将我的头脸盖住。我轻轻地吹着盖在我眼前的丝条,嘴唇情不自禁地滑过她清晨一样舒爽的玉颈,并贪婪地呼吸来自她薄衫包裹的蓬勃身体的芳香,温热的芳香,来自草木,来自空山,来自海洋大地和潮湿的岛屿,来自星群,来自日影,来自飞翔和漂流。

我们这个时代,像我和康佳这种一见钟情且随即伴以行动的厨房爱情已司空见惯。这是一个爷爷奶奶每天都涂脂抹粉上街跳舞的年代,这是一个爸爸妈妈随便就离婚又结婚的年代,这是一个男男女女都娇滴滴的矫情年代,这是一个不到五岁的小弟弟小妹妹都哼着"亲密爱人"的纯真年代,于是感情的交流十分迅速且泛滥,这个年代最流通的东西是爱情,最畅通的

渠道是爱情，最热门的生意是贩卖爱情。

面条煮成了一锅糨糊，但还是被我们几个已欢乐成狼的东西风卷残云。

东方日出，我心欢畅，但这一夜我也终于没有完成带康佳回家的设想。

她们三个集体住在了班柯家，我骑班柯的自行车回家，骑到复兴门立交桥时实在太困，自行车拐进草地，我睡在了草上。

第二天一大早，清洁工叫醒我，说要浇水了。

陋室多风，大梦醒来迟。

一觉睡到下午，懒洋洋爬起来把电视机打开。这是老秦走后我养成的习惯，因为每天下午这个时候，电视里都有一个漂亮女孩儿在做健美操。无福消受美人儿，略解眼馋。

我家乱得不成样子，也乱得很像那么回事儿，来的人都说好，不拘束。

此刻风正吹，我的白窗帘飘扬。

当那个做健美操的女孩儿，变成谢顶像我爹讲化学的老头时，我关了电视。随手拿起一本《笑林广纪》（我那时好喜欢冯梦龙啊，他好朦胧啊），缩在沙发里。我开始等康佳，她说来给我做晚饭。

康佳来的时候，我的白窗帘被夕阳染成鼻血色。

"好找吗？"

"好找，没怎么费劲儿。"

我看康佳，康佳看我的屋子。

康佳穿的和昨天一样，脸上额上略微有点儿汗，肩上一个鹿皮双肩背包鼓鼓的。

我帮她卸了包，康佳说："你这儿够乱，但确实是个不错的窝儿。书挺多，看上去挺有文化的。"

"有没有文化这年头并不重要。"

"我觉得重要。"

康佳打开背包，从里面拿出沙丁鱼罐头、午餐肉罐头和一张硕大的饼："懒得做饭了，就买了这些。"

"你还挺趁钱。"

"我没什么钱，偶尔一次还行。"

匆匆吃过饭，我一把将康佳抱上床。

"小美人儿，想我了吧？"

"流氓。"康佳红着脸，并不挣扎，束手就擒……

完事后抽完一支烟，我下床拿起吉他，康佳仍平躺在我今天新换过的床单上，身体舒放，风景宜人。

"给你唱首歌，是我今天早上回来睡觉前给你写的。"

"真的？"康佳坐起来，身无寸缕。她没有难为情，而是很纯情地睁大宽银幕似的眼睛，目光空洞，流水潺潺。

"昨天见到你后有一种感觉,很遥远也很模糊。我知道我们会在一起生活,是譬如朝露,还是海枯石烂,我不知道,但我都会一样珍惜。"矫情地说完以上的话,我唱:

> 你说话的时候没有声音
> 你融融的微笑没有叹息
> 我不知道该怎样温暖你
> 我不知道是否真的爱你
>
> 你漆黑的头发如诉如泣
> 你飘扬的衣裳如鸽如雀
> 我不知道该怎样拥有你
> 我不知道是否真的爱你
>
> 你是花朵就为我盛放
> 我是清风就为你歌唱
> 我没说过要娶你做新娘
> 但我想娶的人和你一样。

康佳目光潮湿,把头埋在我的琴上。

康佳打开背包让我看,原来她把毛巾牙刷内衣都带来了,

她来的时候就已经想在我这儿扎根了。

"其实我知道今天一来你就会要了我，但我还是来了，因为我喜欢你，你不装，你第一次见我就敢抱我，而且我喜欢你的歌儿，喜欢你唱歌儿时的样子。"康佳偎在我怀里，滔滔不绝。

"我曾经有个同居的女友，叫老秦。"我抚摸着她月光般的肩膀说，"但三个月前，她跟一个画山水画儿的走了，直到今天，我才又有了你。"

提到老秦，老秦的面孔很快很粗略地闪了一下，并想起她临走前说的一句话："我唯一感到遗憾的是没能跟你生个孩子。"

"我其实有个男朋友，"康佳望着我的白窗帘说，"是我们学校篮球队的，人挺帅，但特面，我们交了两年朋友。昨天见到你以后，我就开始烦他了，今儿早上我跟他说了，他激动地把粥洒了，鸡蛋也扔了，活该。机会都是自己争取的，他有机会，但没把握，也许上帝就是派我来做你的女人的。"

我使劲儿搂一下康佳，康佳小鸟依人地使劲儿往我怀里钻了钻。

"你长得真美，到哪儿都会招灾惹祸的。"

"你不了解我，我这人只会招蜂惹蝶，绝对不会招灾惹祸，而且蜂蝶只会围着我嗡嗡乱飞，但近不了身。"

"可我近身了。"

"你不是蜂蝶，另外你勇敢，最重要的是我喜欢你，一见到

你我就知道自己喜欢你,这是天意,我特信命。"

"我不信。"

"你不信我信,就拿你那个好朋友班柯说吧,哎,你们俩是不是特好?"

"挺好的,认识十几年了。"

"那我不说了。"

"说吧,有时我也挺烦他。"这有些不仗义,但是实话,我爱班柯,也的确有时候挺烦他,朋友之间有时会这样。

"他就追过我,追得特厉害,但我死活没同意。"

"为什么?"

"我不喜欢他,也许做朋友还行吧。"

我笑了,反正班柯也无所谓,他有石琳呢。

后来我一直和康佳住在一起,住到她大学毕业,我们觉得都还挺好,挺像夫妻的,就在一个节日的前几天去领了结婚证。

后来康佳给我生了一个女儿,特可爱,特像我。

烂生活前传

1

马菲是我们中间第一个撒手人寰的。

她开着车，一撒手，车掉进山谷。

事后，警察分析说：那女的抽了大麻。

大麻不可怕，可怕的是抽大麻，还开车。

这话也是警察说的。

最后，警察把马菲的死定义为自杀。

有一次马菲跟我说：有一次我飞了，是真正的飞翔。我开着车，挡风玻璃上花儿一样布满了阳光，我感到车两旁的芦苇像金黄的麦穗儿，唰唰地向后跑，唰唰唰唰的声音像唱机的针

头刮擦唱片，十分悦耳，是我听过的最美的声音。

马菲死的时候是夏天，山谷里野花盛放。

马菲死于她生日过后的第三天，死于公元1999年。

马菲生前一直是漂亮姑娘，三十一岁像十八岁一样，一样朝气蓬勃。

2

马菲生前男友是埃及留学生，比她小八岁，叫一个一长串中间带很多"点"的名字，不好记，我们叫他"面瓜"，因为他黏黏糊糊的确很面。

马菲死后不久，面瓜卷铺盖卷儿回国了，好像他来中国的使命，就是给马菲送行的。

马菲的死，只有面瓜一个人伤心欲绝，好像他也死了，他的生命本就是依附在马菲的肉体上，肉体已死，灵魂安附？

马菲的死，我们都不是太伤心，因为在我们心中，她依然健康美丽。

我甚至没去参加马菲的遗体告别，我知道她不想我看见她不美的样子。

我甚至拒绝为她写悼词，我知道她此刻不想有人打扰。

我甚至在马菲爸爸打电话给我时，说："叔叔，你哭什么？

马菲没死。"

马菲死的那天,我和田雷、陈虹喝酒,喝到第二天早上。

纪玲玲没完没了地打我手机,让我回家,我烦了,关了手机。

那天,我喝高了,也有了飞翔的感觉。

我不知道自己怎么回的家,一觉醒来,发现自己裸体躺在床上,一副无牵无挂的样子。

3

其实,我是最希望马菲永远年轻永远健康永远美丽永远活着的人。

我是马菲在面瓜之前的男友,再之前,我和马菲做了十几年朋友,我和马菲断断续续也做了十几年情人,我们同居了三年。

当然,马菲最重要的是我的朋友,是田雷、陈虹、老屋和葡萄的朋友,是我们最好的玩伴儿。

我们都认为马菲生得伟大,因为她也许是我们中间最无私的一个人。她是一个真纯的女人、妻子、母亲和女儿。她从不惹是生非,她也没有在我的朋友中间留下是非。她,质本洁来还洁去。

马菲和面瓜在一起,我们不是很理解,这倒不是因为面瓜

是"色糖"（外国人），而是因为面瓜实在太面了，面得像一碗面，打精子也站不起来。

也许马菲只有跟面瓜在一起才是幸福的，后来我想。

我们都曾经问过马菲一个很傻的问题：你为什么会跟面瓜在一起？

马菲说：他年轻，漂亮，身体好。

这的确是一个好的回答，令人信服。

马菲接着说：他还有车。

4

面瓜是我的女友纪玲玲介绍给马菲的。

纪玲玲是北外东语系学阿拉伯语的，由于是小语种，她又学得出色，一毕业就被分配到电视台工作，还经常出国。我和纪玲玲是在机场认识的，她去中东某国，可能就是埃及吧，我去巴黎。

巴黎？多棒啊！纪玲玲说。

有机会带你一起去。我说。

也许就为这句话，她跟我好了，而且好得很彻底。

首先她与同届的学阿尔巴尼亚语的男友轻松了断，回归单身；然后帮马菲与面瓜接上头，免除她的后顾之忧；再然后，

她大包小包地搬空集体宿舍，跟我住在了一起。

她的运气不太好，她跟我好的时候正逢我无事可做，两袖清风，我只好吃她的喝她的，虽然算不上是傍款，但也难逃吃软饭的嫌疑。好在一年后，我又开始做演出当穴头，有了还算不错的收入。

我的运气不错，纪玲玲在我运交华盖的时候跟了我，一副嫁鸡随鸡嫁狗随狗的样子。纪玲玲跟我好的时候，她甚至都不知道我是干吗的，我也压根儿不知道她为什么会跟我好。后来她给我的理由是：我在机场第一次见到你的时候，就觉得你特别，像一颗大红枣，而且我喜欢跟你聊天儿，喜欢听你讲废话吹牛。我们真是一见钟情，我就喜欢她的长相！

纪玲玲是好姑娘，她特能跟我凑合，甚至我偶尔与其他姑娘打情骂俏她也不在乎，甚至有一次我的手都碰到一个姑娘的胸了，她还在笑。开始的时候，我有点儿可怜她，她太不了解娱乐圈了，我们这个像猪圈的圈子，姑娘为了啥事献身的都有，都正常，甚至还都受到鼓励；这个圈儿里的爷们儿也都被惯坏了，对姑娘动手动脚是常事儿，动真格的也是家常便饭。但是后来，我开始替自己悲哀了，我发现自从有了纪玲玲，其他姑娘瞬间变成了"统一牌"大白菜，而纪玲玲则是青葱水绿的菠菜。我离不开她了，我甚至为她做了我

一生中最大的改变。

在纪玲玲之前我从未跟女人同床共枕过，我怕打搅各自的睡眠，除了我妈。我总是脱了裤子，然后提起裤子，去另外一张床或者另外的房间睡觉，或者出门走人，即使是跟马菲同居的三年也是如此。但是，纪玲玲让我和她睡在了一张床上，而且睡得很香。

5

马菲死后，我变得热爱工作了，我不再守株待兔，而是主动给各种人打电话联系演出，成绩斐然。

不久，著名的雷人乐队找到我，我做了他们的经纪人。

我已经完全彻底化悲痛为力量了。

慢慢地，我发觉，我的力量储备过剩，经常有劲儿没处使。

还能干啥呢？

其实我真的能干很多事儿，这是一个万金油的时代，塞缝填沟是我的强项。其实我也真的是什么也不会干，哪一行都似懂非懂，经常指鹿为马。其实这个社会也不需要我真的干什么正经事儿，它得养些闲人。我觉得19世纪俄罗斯文学中的那些"多余人"，要是搁现在，应该最能体现一个国家的繁荣昌盛。

我有劲儿使不完。

我选择打牌，业余时间打牌。其实我也没有什么正儿八经的工作时间，我的工作主要就是跟各种人吃饭喝酒，也包括打牌。

纪玲玲说：打牌不明智，但还算讲理。

纪玲玲不反对我打牌，有时候她跟我一起去打牌。

纪玲玲不上牌桌，她基本属于淑女型。但她很在乎我在牌桌上的输赢，尤其是在我们经济状况不太好的时候。她是个好女人，好女人不仅筹划未来，还经营现时。她完全不是斤斤计较的女人，如果有钱，她愿意拿出来与朋友们分享美食美酒。

但必须保证基本生活，纪玲玲说。

另外，你跟我好以后，不要再管别人借钱了，纪玲玲又说。

借钱怎么了？我喜欢借钱花，借了钱，欠了债，我才有动力去挣钱。

不可以！纪玲玲斩钉截铁。

铁钉儿绝逼折了。

6

说起打牌，我其实是一个有着二十年牌龄的老赌棍。

我从初中开始打牌，经常输得比裸体还光。

有一次债主打上门，在我家门上连砍七七四十九刀，把我家门活活剁成了一块案板。那时我奶奶还活着，她拿出自己的嫁妆——一些金币，替我还了债。

还有一次我赢了，我跑到欠我钱那孙子的父母家，抱走一台彩电。

马菲死的前一夜我在打牌，那次牌局是我组织的，其实那天我并不想打牌，只是因为第二天一大早，我要陪纪玲玲去医院，早起难受，像被人掐了脖子，掐得你双眼好似金鱼眼，所以，我选择了打牌，打通宵，不睡比早起好。于是打打打，我还打赢了。

我揽过纪玲玲的肩膀，我想哭。

我终于哭了。在回家的路上，接到面瓜电话，他说：马菲死了。

纪玲玲也哭了，不知道是真是假，反正她哭得比我伤心多了。

我先把纪玲玲送回家，然后去找田雷和陈虹。

那天我们喝了一夜酒，那夜纪玲玲的电话特别多，我关了电话。

7

马菲死后，我和田雷、老屋、葡萄开过一次会，可能说开

会有点儿太正经了，但我们那次的确很像开会。

我们几个围坐在田雷家的凉席上，一人手握一只茶杯。

老屋说：马菲的事儿我觉得太不严肃了，我的意思是她死得太匆忙。

葡萄说：我也觉得，她起码应该提前说一声儿。

田雷说：她的理由一定很充分，马菲是个明白人。

我说：有没有理由都无所谓。

那天基本上是个批斗会，大家都觉得马菲不应该。说到最后，大家都挺激动，纷纷表示要为了朋友好好活着，万一谁有了想先走一步的想法，提前打个招呼。虽然很扯淡，当时的确是心声。

我说：活着虽然没什么更好的理由，死的理由也不充分。

田雷说：活着挺好的，我反正不想死。

葡萄说：活不好可以换个活法，要是死不好就没辙了。

老屋补充葡萄说：起码我们这些还活着的人，想不出什么更好的辙。

然后我们去一家街边小馆儿喝酒，没空调，天气热得像火锅。

不知道谁说了一句：真的生不如死。

青春不讲理，人生不打折！

8

纪玲玲从埃及打电话说,她大概还得在那儿待一段时间,因为事情不是很顺利,她问我有什么想买的东西。

我说有什么像样儿的工艺品吗?

她说满大街都是,恨不得比泰国和印度还多。

我觉得她忽悠我,但我还是说你随便买几件回来送人吧。

她说好,她说还给我买了一件宽大的套头衫,质量好还便宜,我一定喜欢。

她到哪儿都会给我买点儿东西,而且还都讨我喜欢,你让我如何不喜欢她。

纪玲玲不在家的时候我总感到无聊,虽然她在家的时候我们也没啥正经话说。我会一个人从晚睡到早,又从早睡到晚,睡着或者半梦半醒时我都会想她,有时还会想象她跟一个阿拉伯人上床了。但是我也肯定知道,纪玲玲不会那样做,她太洁身自好了,她在外边上厕所,总是选择蹲姿,从来不碰马桶盖儿,洗完手也还要用随身携带的湿纸巾擦拭。但是,纪玲玲却可以忍受我的邋遢、不讲究和小脏,她可以忍受我的一切,因为她觉得我所有的所作所为都很像一个艺术家,很像她儿时梦想中想要寻找并与之终身厮守的那个人。凭什

么呀？这虽然有点儿可笑，但很多可笑的事儿都是实实在在发生的，都是真的。

其实这个时代的艺术家是最可笑的，其实哪个时代的艺术家又不可笑呢？其实艺术家本来就是小丑，其实艺术家都是拙劣的演员。更可笑的是有一种流行的观念，认为艺术家就得有病，没病的人永远也评不上"艺术家"这个"光荣"的职称。

我没病，我性格爽朗，生活快乐，永远也成不了艺术家，纪玲玲真是瞎了眼。

你们看不到我心情好，但你们听得见我骂街。

出 品 人：许　永
策　　划：文　能
责任编辑：许宗华
特邀编辑：王佩佩
封面设计：李双鑫
内文设计：万　雪
印制总监：蒋　波
发行总监：田峰峥
投稿信箱：cmsdbj@163.com
发　　行：北京创美汇品图书有限公司
发行热线：010-59799930

创美工厂
官方微博

创美工厂
微信公众号